ノブレス・オブリージュの「こころ」

――〝リーダーは世のため人のためにあれ〟

学芸みらい社
GAKUGEI MIRAISHA

ノブレス・オブリージュの「こころ」

――〝リーダーは世のため人のためにあれ〟

文化学園大学　理事長・学長
日本私立大学協会　会長
大沼　淳

学芸を未来に伝える
学芸みらい社
GAKUGEI MIRAISHA

信州倶楽部叢書

はじめに

〝ノブレス・オブリージュ〟（noblesse oblige）は、フランス語で「高貴な身分には義務を伴う」の意だが、このままなら、私にはもとより無縁な言葉である。なぜなら、私が生まれ育ったのは、山間の田舎町の、ごく平凡な、どこにもある名もなき家だからである。

欧米社会には、元々、身分の高い者にはそれに応じた、果たさなければならない義務と社会的責任があるという基本的道徳観が存在している。しかし、近年は特にイギリスの保守党の政策課題として、この精神が具体的に政策化しているともいわれ、大衆の保護を目的として、社会立法や労働立法の際の重要な哲理として使用されてきている。

そうだとすれば、現在の自由主義と民主主義を標榜《ひょうぼう》する社会にあって、〝ノブレス・オブリージュ〟は、ガバナンスを担う立場にある者が、そのリーダーシップを果たすときの極めて重要な精神であるといえよう。

私の80年余のささやかな経験からも、社会の責任の一端を担う立場にある者は、改めてこの〝ノブレス・オブリージュ〟という言葉の重要性を認識すべきだと思う。

私は、昭和初期、信州の北端、下水内《しもみのち》郡飯山町（現飯山市）に生を受けた。少年期は、周囲の山野を駆け巡り、千曲川《ちくま》に遊び、厳しい風雪に耐えて育った。そして、日中戦争、太平洋戦争と続き、敗戦に至る戦時一色の非常事態の時代を過ごした。決して体力的に恵まれた方ではなかったが、いずれ兵役に服することを運命づけられた時代でもあった。どうせ兵役に服するなら、将校になれる学校をと思い、昭和十九年、志願して、広島県江田島にある海軍兵学校に入学した。当時、軍の学校は、授業料は当然としても、衣食まで官費でまかなわれていた。

そこで私は、高度なリベラルアーツ教育、さらには〝ノブレス・オブリージュ〟の精神による、エリートとしてのジェントルマンシップ教育を受け、加えて心身共に鍛え上げられていった。

翌昭和二十年に終戦を迎え、学校は廃校となり、志なかばで最初の挫折を味わったものの、自己確立に向かって、確かなものを身に着けることができた。

18歳になって、敗戦によって荒廃したこの国を復興するのはわれわれ若者だという自覚を持ち、東京に出た。苦役に近かったが、焼け跡の整理、農村への奉仕活動等々なんでもして、青年期を逞《たくま》しく生き延びた。そして成人を迎えたとき、更に上級の学校に進学するか、定職を得て、将来に光明を見出すかの選択のとき、第1回の国家公務員試験が公示され、神田の中央大学で受験をしてみた。合格など考えていなかったが、幸運にも合格でき、新しく出来た人事院が採用してくれることになった。そして、国家公務員研修生として、日光の田母沢《たもざわ》御用邸で3カ月間研修を受けることになり、新しい世界に目を開かせてもらうことができた。

幸いなことに私は、社会人のスタートを中央官庁の、しかも重要なポストで切ることができ、そこで今日に至る基盤が築かれた。更に10年後に現職の私立学校の経営責任者となり、社会にも認められ、教育の各種委員会の委員や、関係団体の責任者も務め、叙勲の栄にまで浴した。私は決して高貴な身分には生まれなかったが、その後の時代の変化の中で、埋没することなく、周囲の恩恵にあずかって、多少なりとも国家社会のためになる職務が遂行できる立場にたつことができた。

とすれば、私のような、どちらかといえば他力によってつくられた立場にいるリーダーの一人として、日本の伝統的な精神文化のなかで育《はぐく》まれてきた「惻隠《そくいん》の情」のようなものを、私にできる唯一のノブレス・オブリージュの「こころ」として、これからの職務を果たしていかなければならないと思っている。

そのような「こころ」を感じながら、いままでに様々な場所で、講演し、対談したものが残されていたので、いつか何かの形でまとめたいと思っていた。このたび信州倶楽部から、いままでの「あなたの歩み」を中心に、「あなたの想い」を上梓したらとすすめられ、恥を忍んで本にすることを決意した次第である。

本著をつくって下さった、信州倶楽部の中嶋聞多先生、学芸みらい社の青木誠一郎氏、それに編集の池内治彦氏には心から感謝を申し上げ、序にかえたいと思う。

平成二十五年十月

大沼　淳《すなお》

目次

第5章

第6章　私の人生観から
――人間は〝時代と環境の交差点〟を飛び出して生きることはできない　171

第1章

ファッション文化が近代日本をつくった

――「宮廷衣装の洋装化」にみる近代化の成功要因

御中礼服（ローブ・デコルテ）。昭憲皇太后着用。明治 22 年（文化学園服飾博物館所蔵）

昭憲皇太后御写真（御洋装）。明治 22 年（明治神宮所蔵）

本の表紙カバーの図柄は、この御大礼服（マントー・ド・クール）の生地に用いた日本刺繍による菊の文様である。明治時代に入り、千年続いた宮廷衣装は「洋装化」に踏み切ったが、その中味は純然たる「和」の美意識を貫いた。

御大礼服（マントー・ド・クール）。昭憲皇太后着用。明治 20 年代後半（文化学園服飾博物館所蔵）

第1章

ファッション文化が近代日本をつくった

私は常々、日本のファッションや日本人のセンスは世界的にトップレベルだと思っている。古くは平安時代の衣冠束帯《いかんそくたい》や十二単《ひとえ》に始まり、戦国時代の鎧兜にみられる武具ファッション、江戸時代の小袖《こそで》文化、そして明治・大正から昭和の戦前期まで花開いた洋装の宮廷衣装文化……。どれをとってもみな世界に誇れるものばかりである。

そして注目すべきは、これら日本独自のファッション文化が、日本の財政面においても、また精神面においても、それをもとにして明治以降の近代化を成し遂げていったという歴史的な事実である。

平成二十五年五月三十日に、私は「東京倶楽部」——明治十七年に明治天皇の命を受け外務大臣・井上馨《かおる》卿が英国を範としジェントルマンズ・クラブとして設立——で、「宮廷衣装の洋装化考」と題した特別講演を行う機会を得た。この章は、そのときの講演内容をもとにしたものである。

明治維新後、日本の宮廷は、それまでの長き伝統をかなぐり捨てて、一挙に宮廷衣装の「洋装化」に踏み切った。伝統の宮廷衣装は平安朝に完成したものだが、それを千年もの間ずっと継承してきた国は世界中どこにもない。ところが明治に入るとそれが一変する。すなわち、それまでの宮廷衣装を、中味は別にしても、その形の「洋装化」に踏み切ったのである。それと同時に、生まれなどに関係なく誰もが頑張ればあこがれの服が着られるという世の中をつくったのである。そしてそのことが、明治以降における日本の近代化を一気に大成功に導いた大きな要因となった。これもまた世界に類を見ないことである。ところが、こうした歴史的な遺産も、戦後になると一切顧《かえり》みられることなく今に至っている。まさに、たった50年という間だけ花開いた「まぼろしの宮廷衣装洋装文化」なのである。

近代化を支えた日本独自のファッション文化

――もともとファッション大国だった日本

私は、日本という国は素晴らしいファッション先進国だと思っている。

例えば、高松塚古墳に描かれている女官の姿は中国の服装をしている。飛鳥、白鳳時代の服装は中国風でしかなかった。それが西暦894年、59代目の宇多天皇のときに、菅原道真の進言によって遣唐使が廃止されると日本文化に大きな変化が生じてくる。

遣唐使廃止から100年ほど経った西暦1000年頃、天皇は一条帝、三条帝、後一条帝と続き、和泉式部、紫式部、清少納言などの女流作家が生まれ、「かな文字」による文学作品が誕生した。中国から導入した漢字から、日本は「かな文字」という日本独自の文字文化を生み出した。そして、服装もこれまでの中国風のものから、衣冠束帯や十二単のような日本独自の服装が生まれていった。この十二単は、これまでのような中国風ではなく、日本独自に創りかえられた宮廷衣装なのである。

もうひとつの変化は、関東の平将門《たいらのまさかど》や瀬戸内海の藤原純友《ふじわらのすみとも》が地方で力を蓄え、反乱を起こすが、そのなかで武具によるファッション形成が起こる。その頃につくられ始めた武具のなかに大鎧《おおよろい》というのがある。甲冑《かっちゅう》はヨーロッパにも中国にも世界中どこにもあるが、そのなかで日本の大鎧は、その基本材料の小札《こざね》を全部糸で威《おど》し、黒革威《くろかわおどし》だとか、赤絲威《あかいとおどし》だとか、多彩なデザインが展開されていき、見事な芸術作品となっている。また、それに加えて兜のほうも芸術作品に変わっていく。日本刀もまた同様である。それらはすでに武具というよりも、完全に芸術作品やファッションの領域にまで至っていた。

このように、戦場《いくさば》に用いる武具まで芸術作品やファッションにしてしまった国というのは、世界に類を見ない。そういう意味でも、日本人がもともともっているファッションセンスは非常にレベルが高いのである。

江戸時代になると、三代将軍・家光の妹である和子《まさこ》（後の東福門院和子）が、後水尾《ごみずのお》天皇に輿入れをする。その第一皇女がわずか6歳にして女帝として109代明正《めいしょう》天皇になる。そして、この母娘が実家である徳川家と天皇家を背景に贅《ぜい》の限りを尽くすのである。

平安時代に日本で生まれた十二単の下着に使用されていた小袖が、この頃には、今の着物の前身である寛文《かんぶん》小袖に進化し、それがこの母娘が着たことによって大流行となる。

その背景には御用商人の雁金屋《かりがねや》の存在が欠かせない。もともと雁金屋は足利家系列の武士と言われ、その後、染色業から呉服商となり、信長や秀吉、家康や江戸城大奥の御用をつとめるようになっていた。雁金屋には、小袖の注文が殺到することになり、雁金屋はそれにより大儲けをし、日本一の大金持ちになる。ここに権威と権力と富とが一点に集中し、日本独自のファッション文化が花開いていくことになる。

その頃の文献を読むと、寛文、元禄にかけて織物、染物も含めてファッション文化が急速に発展していくのがよくわかる。当時の芸術家のなかにはファッションに関わる人たちが大勢いた。尾形光琳《こうりん》、乾山《けんざん》兄弟はこの雁金屋の息子たちだった。日本には超一流のファッションデザイナーたちがいたのである。

日本は糸ひとつをとっても深い歴史がある。安土桃山時代までは天然の緑色の蚕からとれる天蚕（ヤママユガ）糸が中心で、白絹はスペイン人やポルトガル人が貿易品として中国から日本へ持ち込んできた。あのフランシスコ・ザビエルなどのキリスト教伝道師たちは、その白絹を裏付けにして日本に入ってきたといっていい。大流行となった小袖の主要な素材は、他ならぬこの白絹であった。

日本は中国から白絹を大量に輸入し、大量の金銀が国外に流出していった。日本は〝黄金の国・ジパング〟として西洋に知られていた。「これは大変だ」ということで、新井白石が養蚕を奨励し、50年後には国内需要のすべてを十分に賄《まかな》えるまでになる。そしてさらに50年を経ると、今度は世界中に輸出するまでになっていく。これは本当にすごいことである。

白絹が国内で生産されるようになると、染織《せんしょく》技術も進歩していく。当時の日本のファッション文化は織物や染色の技術からみても、おそらく世界一だったに違いない。寛文小袖や元禄小袖などの小袖文化が花開き、特権階級や富裕層の人たちだけでなく、庶民までが着飾って、ファッションを楽しむようになっていく。そして、上野や京都の東山などでは、「伊達《だて》くらべ」と称するファッションショーまで開催された。

その後、この雁金屋は大名貸しで失敗して倒産するが、その後、三井高利《たかとし》（三井中興の祖）が創立した越後屋（現・三越）が出てくる。そして、円山応挙《おうきょ》や呉春《ごしゅん》といったデザイナーたちが現れる――越後屋でつくられた小袖の模様の中には円山派の画家が描いたものがあり、その下絵は文化学園の博物館に所蔵されている――。呉服関係の人たちが江戸の画家のスポンサーとなり江戸文化ができあがっていくのである。

そして、江戸時代には、〝粋《いき》〟という日本独自の美意識が生まれ、当時のファッションもこの〝粋〟という域にまで到達し、世界に類を見ない高度な小袖文化が形成されていった。日本人はファッションに関しては天才的な才能をもっていたのである。

日本では、ファッションと芸術の強い結びつきがあったことはまず間違いない。ところが、明治以降、なぜかファッションに関して日本は全く力を入れなくなってしまう。例えば、東大など国立大学はファッションとの関わりは皆無になる。衣・食・住のうち、「食」と「住」だけは国立大学はすべて学部として持っているが、「衣」についてはどこも持たなかったのである。これは一体なぜだろうと考えてみた。

明治四年から六年にかけて岩倉具視《ともみ》卿一行が米欧を視察する。その結果、すでにどこよりも進んでいた「衣」の分野はあえて「学問」として導入する必要はないと判断した。おそらく明治政府は、「衣」は民力で十分である、と考えたためであろう。そのことを裏付けるような事実がある。

1858年（安政五年）に、5カ国と通商条約が結ばれる。そして、八王子から「絹の道」と呼ばれた和製シルクロードを通って横浜に運ばれ、そこで取引をするが、その当時の輸出の86パーセントを繊維製品が占めた。しかも明治の45年間、繊維製品は貿易総量のなかで常に60パーセントを切ったことはなかったのである。そして、その繊維製品を外国に売って得たお金で、例えば坂本龍馬は長崎に軍艦を買い、大砲や鉄砲を買い、やがて日清、日露戦争にも勝ち、鉄鋼業、電機産業を興し、一気に日本の近代化が成し遂げられていったのである。

日本はその独自のファッション文化によって、すなわちそれを支えた繊維製品による財力によって、近代国家が成立し得たといっても決して過言ではないのである。それほど日本の「衣」の力は強かった。そのため、この最も重要なはずの「衣」の教育に関しては、国は高等教育レベルではやる必要はないという判断を下してしまったのだ。こうして実に不思議な国家が成立していくのである。その結果、当方のような一私学でそれをなんとかつないできたという形になった。

「宮廷衣装の洋装化」は近代化成功の大きな要因

——50年の間だけ花開いた「まぼろしの宮廷衣装洋装文化」

明治期における日本の近代化を大成功に導いたもうひとつの大きな要因に「宮廷衣装の洋装化」がある。江戸時代における幕藩国家という「地方分権国家」を国民国家という「中央集権国家」につくり変えていく過程で、「宮廷衣装の洋装化」というものがどうしても必要だった。そして、それがあったからこそ、混乱なく日本の社会は近代化へと移行することができた、そう私は考えている。

平安朝時代に完成した宮廷衣装を千年間ずっと継承してきた宮廷も、世界中みても他にはない。ところが、そのような素晴らしい伝統文化を持っている宮廷が、明治になりそれを洋装に一変したのである。もっとも、形だけは「洋装化」であっても、その中味は純然たる「和」の美意識を残しているが……。いずれにせよ宮廷はこの衣装の「洋装化」により、徳川時代との断絶も同時に図ったのである。

この「宮廷衣装の洋装化」が実質的に始まるのは、内閣制度ができた1885年（明治十八年）からである。しかし、1937年（昭和十二年）に日中戦争（支那事変）が始まり、これら大礼服や武官の正装などは中止をしたほうがいいということになり、翌十三年に中止になる。そしてそれ以降は豪華な宮廷衣装は着用されなくなり、そのまま敗戦後も一切顧みられることがなくなった。まさしく、たった50年の間だけ花開いた「まぼろしの宮廷衣装洋装文化」なのである。

「宮廷衣装の洋装化」の最初の史料として、明治四年八月二十五日に明治天皇が「服制更革《ふくせいこうかく》の内勅《ないちょく》」を賜り、9月4日に同文のものを勅諭として近臣に賜ったという記録がある。

『朕惟フニ風俗ナル者移換以テ時ノ宜シキニ随ヒ國體ナル者不抜以テ其勢ヲ制ス今衣冠ノ制中古唐制ニ模倣セシヨリ流テ軟弱ノ風ヲナス朕太タ慨之夫レ神州ノ武ヲ以テ治ムルヤ固ヨリ久シ天子親ヲ之カ元帥ト為リ衆庶以テ其風ヲ仰ク
神武創業　神功征韓ノ如キ決テ今日ノ風姿ニアラス豈一日モ軟弱以テ天下ニ示ス可ケンヤ朕今斷然其服制ヲ更メ其風俗ヲ一新シ
祖宗以来尚武ノ國體ヲ立ント欲ス汝等其レ朕カ意ヲ體セヨ』

「今までは唐風に従った軟弱な服であったけれども、これからは西洋の服装を入れて、自分も着るから皆も着なさい」という内容である。そして、1872年（明治五年）に明治天皇が初めて洋服を召された写真が現存しているし、その服も明治神宮に保管されている。

その後、1887年（明治二十年）には皇后（後の昭憲皇太后）が女子服制に関し、思召書を賜った。その内容は次の通りである。

『皇后以為らく、現今女子の服制は南北朝以後、戦乱の餘弊に出でたる不具の制にして、固より王朝の古制に反し、且方今文明の世に適せず、西洋女服のかえりて本朝の古制に類するものを見る、宜しく倣《なら》ひて以てわが制と為すべし』

「女性も洋服を着なさい」ということである。大礼服のマントー・ド・クール、中礼服のローブ・デコルテ、そして通常礼服のローブ・モンタントというのが正式の宮中の服装であると定めて、それを上層階級の人たちが着るようになった。

まずは、明治天皇の陸軍御制服である。これは1886年（明治十九年）に制定された陸軍の制服である。明治天皇は大元帥であるため陸軍と海軍の両方の制服がある。

次は、昭憲皇太后の御大礼服である。あの有名な「ナポレオン一世と皇后ジョゼフィーヌ戴冠式」の絵を見ると、ナポレオンがジョセフィーヌに冠をかぶせているが、実は昭憲皇太后の大礼服である真っ赤なマントー・ド・クールは、このジョセフィーヌの服の影響を受けている。しかし、この生地はビロードとサテンで、そこに日本刺繍で菊の文様を刺してある。つまり、形は西洋の真似をしているようでありながら、中味は全くの純然たる「和」の刺繍なのである。形は「西洋化」するが、思想までは変えない、という意志がうかがえるようで面白い。この生地や刺繍の芸術性の高さは、おそらく世界でも他に引けをとらない。この大礼服は、6人の学習院の児童が引き裾を持って歩くようにできている。

NHK大河ドラマの『八重の桜』にも出てくる会津藩の山川家の末娘の山川捨松《すてまつ》は、わずか12歳で明治政府が派遣する日本最初の女子留学生に選ばれた。そして帰国後、かつて薩摩藩出身で会津攻めをした大山巌（後の大山巌元帥）と結婚し、その頃に外務大臣の井上馨卿のつくった鹿鳴館《ろくめいかん》で活躍し、「鹿鳴館の華」とうたわれた。

この鹿鳴館時代の洋服のスタイルは、バッスル・スタイルというものである。バッスル(bustle)とは、スカートの後ろを膨らませてヒップラインを誇張する為に使われた腰当てのことである。江戸時代の終わり頃は、クリノリン・スタイルで、その前がナポレオンの時代の、いわゆるエンパイア・スタイルで、その前にルイ王朝時代のいわゆるロココ・

スタイルがある。江戸時代には、まだ西洋の服は入ってこないが、明治になると日本に西洋の服が入りだし、鹿鳴館時代はちょうどこのバッスル・スタイルになった。

この鹿鳴館は華族会館となり、そして東京倶楽部につながってくるということを知り、その時代に息づいてきた宮廷文化というのは、大変な文化であると改めて思った。

鹿鳴館の服装は、有名なビゴーという挿絵画家が、日本人が洋服を着て映っている鏡には猿の顔になっているような風刺絵を描いている。そういう侮辱を受けた一時期はあったが、それを乗り越えて、宮中で洋服を着るようになる。そして、これが大変な意味を持ってくるのである。

誰もが頑張ればあこがれの服が着られる世の中をつくった

——近代化を支えた優秀な人材は地方にいた

江戸時代から明治に切り替わるときに、目指したのは国民国家という中央集権国家をつくり上げるということだった。明治維新の中心になったのは、地方から出てきた薩摩藩や長州藩、土佐藩、そして佐賀藩出身の人たちで、そういう人たちが明治政府をつくり上げた。

そして、国民国家という中央集権国家に移行していく際に、「明治の三大改革」といわれる大改革が行われた。

そのひとつは「近代学校制度」である。明治五年に学制を発布して、つくられた小学校だけでも2万校にのぼる。その時に、あわせて師範学校を、長崎、岡山、大阪、名古屋、東京、新潟、仙台に7校つくった。もともと小学校の教師というものがいたわけではない。だから、徹底した教師の養成からスタートしたのである。師範学校はいわゆる「ただの学校」だから優秀な教師希望者が殺到した。司馬遼太郎の『坂の上の雲』で有名な、後に「日本騎兵の父」といわれた陸軍大将秋山好古《よしふる》も、若い頃に松山から出てきて、大阪師範学校に入り、その後教師になって名古屋師範学校附属小学校に赴任する。陸軍士官学校に入る前のことである。明治初期は、日本はまだ地方分権国家だったから、優秀な人材はすべて地方にいた。そういう優秀な人たちを師範学校に集めて教師に仕立て上げる。当初、師範学校は7校だったが、それから各県につくられるようになり、小学校の教師の数が急速に増えていった。当時の日本人は、身分など関係なく、識字率は極めて高く、また「和算」といった優れた数学的素養ももっていた。まもなく世界で最も高い教育水準になっていく。こうして日本の近代化は大成功をおさめていった。

二つ目は「徴兵制」である。江戸時代は、軍人はサムライしかいなかった。サムライが一番上の階級に属していた。また農民や町民には、およそ戦うという意識は全くなかった。

ところが、この農民や町民が軍人として官軍に加わった。その初めての戦争が戊辰《ぼしん》戦争である。そして、上野の彰義隊《しょうぎたい》との戦いで官軍が勝利する。ここに今まで下に見られていた階層の人たちが勝って、戦いのプロのサムライ集団が敗れるというとんでもない事態が起きたのである。戊辰戦争にはそういう意味もあるのだ。長州藩の大村益次郎（村田蔵六）は、国民国家のために「徴兵制」をしき、靖国神社をつくる。こうしてはじめて、国民に国家意識というものをもたせたのである。この「徴兵制」をしくとどうなるかというと、農民でも町民でも軍人になることで上の階層になることができる。江戸時代の階層社会がそこで完全に消滅したのである。

そして三つ目は、司法主義国家の基礎をきちんと築いたことである。その中心になったのが「租税の改正」である。それまで米の石高中心だった経済を、大蔵省へ現金で納める金融システムに変えたのだ。

この三つの改革をきちんと行って近代国家になっていくのだが、しかし明治政府になる前の、江戸時代の色々な身分制度や階層みたいなものが残っていて、それをどうしていくかということが大変大きな課題になった。

そのなかの中心になるのは、いわゆる昔からあった「位階制」である。正一位とか、従一位、従二位といったこの位階制をどう考えていったらいいかということになり、明治になって新たな身分制度を加える。

ひとつは「官職」である。太政官制から正式に内閣制度にして、官職で親任官、勅任官、あるいは奏任官、判任官というような役所の中の官職。いろいろ近代的なシステムの官職制度をつくった。

それからもうひとつが「爵位制」である。爵位というのは、中国では古くは夏《か》の時代にはじまり、孔子が活躍した春秋戦国時代にはすでに公侯伯子男の五等爵制ができ上がっていた。またヨーロッパでも英国を中心として爵位が存在していた。そして、例えば英国の「バロン」に、中国の「男爵」を当てはめた。これを実際に誰がやったのかという疑問は残るが、江戸時代には藩主がいたから、その殿様を「華族」にして爵位を与えた。それから、明治維新で功労のあった人、また明治に入ってから功労があった人にも平等に爵位を与えた。この華族制度は、明治十七年にでき上がっているが、爵位が与えられた華族の間で婚姻関係が結ばれ、名門閨閥というものが日本社会の中に形成されていった。

この「爵位制」をそれまでの「位階制」と併用して、江戸時代の藩主たちを明治政府はその階列に入れると同時に、明治維新で功労のあった人や明治以降に功労のあった人たちも組み込んで、新しい社会階層制度がつくられたのである。

そして注目すべきは、これら近代化のための改革を定着させるために宮廷ファッションをうまく活用したという点である。

こうして過渡期を非常に見事に切り抜けるわけである。江戸時代の藩閥の旧身分制度の社会から、近代国家の形である国民国家になっていくひとつの手立てとして、これらの制度を導入した。要するに、それまでの士農工商をやめて、まったく新しい階級制度をつくり上げたのである。その後、戦争に敗けると同時に「爵位制」などはなくなってしまったが、爵位服というものを考案することによって当時のステイタスをつくったのである。

つまり、誰もが頑張ればあこがれの服が着られる世の中というものをつくったのだ。しかし、その代わりに、それ相応の社会的義務すなわち〝ノブレス・オブリージュ〟（「位高ければ徳高きを要す」）だけは果たせよ、ということなのである。

こうして誰にでもチャンスのある国家が生まれた
――後世に伝えていかなくてはならないもの

次に「勲等制」である。この勲章制度を導入したということも、宮廷ファッションと同様に、江戸から明治へ移行する際の非常にうまいやり方だった。要するに、それまでは、生まれに対して「位」を与えていたものを、「勲等制」をしいて、その功績に対して日本政府が勲章を与えるというシステムを組み込んでいった。つまり、どこに生まれても誰にでもチャンスのある国家をつくったのである。

だから、位階があって、官職や爵位、そして勲等をつくる。四つの制度の扱いで明治から大正という日本の近代国家が成り立っていくのである。その近代国家は第二次大戦で終わってしまうけれど、明治になってたった50年の間にこれだけの文化をつくり上げた。

因みに、世界の勲章の中でわが国の宝冠章（勲一等宝冠章）ほど見事な勲章は他にない。正章に108個、副章に209個もの大きさの違う天然真珠をちりばめている。この宝冠章は、世界一級の工芸品といえるし、芸術品といってもいい。このような明治文化、近代文化とでもいうか、それを今の若い人は誰も知らない。これを後世に伝えていく責任があるのではないか、と私は思っている。

平成二十五年十一月に、「明治・大正・昭和戦前期の宮廷服——装束と洋装——」と題して、近代の宮廷文化にかかわる100点近いもの——皇族方のものや、渋沢栄一や加藤高明が着用したもの等——を展示する。そのなかには、秩父宮妃が非常に大切にされていたドレス3点も含まれている。これは、昭和天皇の皇后と今上天皇の皇后から下賜された絹地でつくられたもので、この絹地は宮中の御養蚕所で飼われた蚕の糸が使われている。

このように日本には素晴らしい近代文化があった。そしてそれを後世に残さなければならないことを理解してもらいたいと思っている。そうしないと「まぼろしの宮廷衣装洋装文化」で終わってしまうからだ。この文化が日本の近代化の中で果たした役割というのは、非常に大きいのだ。
幸い、当文化学園には博物館がある関係で、近代の貴重な宮廷衣装をかなり所蔵している。国立博物館にも、染織品としては素晴らしいものを残しているが、このような近代の宮廷衣装はあまり残っていないのではないかと思う。そして、こういった文化を、これからの後世に伝えていかなくてはならないと思っている。

（平成二十五年五月三十日の東京倶楽部での特別講演「宮廷衣装の洋装化考」をもとにした）

第2章

近代日本を支えた教育の変遷と未来

——近代化を支えたのは地方の自由な私塾で学んだ若者たちだった

私学会館にて天皇皇后両陛下をお出迎えする筆者（同館を営む私学研修福祉会理事長として）1998 年 11 月

私は、教育に関して、学者でもなければ、また研究者でもない。単に私学経営の実務者としての経験しかもたない。そのため、これまでずいぶんとためらってきたが、学校教育の実務にちょうど60年間携わったのを契機にとも思い、近代日本の教育について書くことにした。１９４８年（昭和二十三年）における旧学制から新学制への切り替えの際には、直接の関係者である行政官の一人として関わってきたことでもあるし、その後も引き続き、私学人として関与してきた関係上、最近われわれを取り巻く教育環境が著しく変化し、様々な問題が出てきていることに、少なからず危惧《きぐ》を抱いているからだ。

私はいま、この著しい変化に対して、非力ながら何かしなければならない立場にあって、大いに苦吟《くぎん》している。しかし、この１００年に1度といわれるターニングポイントに、もはや瑣々《ささ》たる事象にばかりこだわっていては何の解決にもならないのではないか、と思うに至った次第である。

もはや膏薬《こうやく》貼りなんかでは治らない。わが国のいまの学校制度の在り方を、もう一度その基本に立ち返って考え直さないと、いつまでたっても問題解決の糸口すら見つからないのではないか。そこで、せめて問題提起のつもりでこの章を書くことにした。

この章は、2009年（平成二十一年）にアルカディア市ヶ谷（私学会館）で行われた特別講演「私立大学の変遷と針路」をもとにしたものである。

わが国の近代化教育150年を振り返る
——日本の教育は30年周期で変化してきた

日本が開国し、西洋に門戸を開いたのが1858年（安政五年）、ペリーが黒船で浦賀に来航してから5年目のことである。アメリカ、イギリス、フランス、オランダ、ロシアの5カ国と通商条約を結び、以来西洋の近代文化が急速に入ってきた。教育もまた同様である。そして時代は、明治、大正、昭和と変わり、戦争があって、今日にいたっている。

日本の教育史のなかで、一番大きな改革の経験は、日本固有の教育制度に西洋システムを導入したことである。そして日本の学校制度は、この150年あまりの間に、ほぼ30年周期で顕著な進展を遂げてきているのである。

現行の学校制度は、1946年（昭和二十一年）に日本国憲法が公布され、二十二年に学校教育法が公布された。そして、二十三年から新制高等学校、二十四年から新制大学が発足したものである。そこでこのポイントを中心に振り返ってみた。日本の教育制度は30年周期で変わってきているのである。

新制度に切り替わった1948年（昭和二十三年）から、30年遡ると1918年（大正七年）。この大正七年には、はじめて勅令による旧制の学校制度が確立した。それまで数校の帝国大学しかなく、試行錯誤的に専門学校などがつくられてきたが、正式に大学令や専門学校令が公布され、新しく大学として国立の6医科大学、2文理科大学、1工科大学それから2商科大学、俗に「11官大」と呼ばれている旧制大学が正式に認められた。それから、慶応、早稲田をはじめ、神田にあった数校の法科大学を認可し、私立としての大学が正式に生まれた。新制の学校制度が確立するたった30年前のことである。

更に30年遡る。すなわち1948年（昭和二十三年）から60年遡る。それは明治二十年（1887年）前後になるが、明治十八年には内閣制度が創設され、そして翌十九年に初めて東京大学が帝国大学に名称を変えて総合大学になり、これを中心に急速に学校制度が整えられていった。いわゆる明治五年の学制発布による大学区、中学区、小学区の整備が進み、そして大学区ごとに大学を置いていくという7帝大構想が生まれ、その第1号として東京大学が整備されることになった頃である。

そしてまた、更に30年遡った頃が、ちょうどペリーが浦賀に来航し、西洋諸国に対して門戸を開いた1858年（安政五年）である。その間たったの90年しか経っていないのである。

逆に現在は、昭和二十三年から数えて、60年経っている。旧学制と同じくらいの年数が六三制になってから経っているのだ。その間に何が変わって、何が変わらなかったのか、ということを色々吟味しないといけないと思っている。そしていま、いわゆる「学校制度疲労」というものを起こしているのではないか、そして色々な問題を解決しないといけない段階にきているのではないか、いまがターニングポイントだと考えるわけである。

中央教育審議会大学分科会の「中長期的な大学教育の在り方に関する第一次報告――大学教育の構造転換に向けて――」という、取りまとめが発表された。つまり「大学教育の構造転換に向けて考えなくてはなりませんよ」といっているのである。いわゆる「質保証システム」や量的規模の在り方を具現的に検討するには、多様化、個性化が進む大学全てを同一に扱うのではなく、機能別分化を前提とするということが提言されている。そして、さらにその財源をどう確保するのかということを指摘はされているが、具体的に一体これからこれらをどう具現化していくのかということが最も重要な問題提起になる。それについては、日本の学校制度の変遷や、そこにおける考え方など、諸々、膨大な資料があり、その膨大な資料の中からわれわれが何か学びとり、考え方を少しでも整理して、次世代に伝えていかなくてはならないという、大事な段階にきているのではと思っている。

開国と鎖国を繰り返してきた歴史

――中央集権と地方分権における文化

日本という国の特徴は、外国に対して門戸を開いた時代と閉じた時代が繰り返し交互にやってきたということである。そして、最初にその門戸を開いたのが、聖徳太子の時代である。その頃、隣国には隋が生まれ、続いて唐が生まれ、その外国文化が急速に入ってきた。その時期には、日本という国家意識が芽生えはじめ、国としての制度である「中央集権システム」が生まれる。奈良や京都を都にして、そこに唐からの外国文化が流れ込む。そして、地方の人々が都に出掛けていき、そこで文化を吸収して、再び地方へ帰っていくという形が生まれる。平将門や藤原純友などもそういうことをやってきている。そのころは、外国文化そのものをどんどんと輸入して、それを消化吸収する時代であった。

ところが、菅原道真の進言により遣唐使が廃止され、藤原道長の時代あたりから日本独自の文化が咲き誇る。この絢爛《けんらん》たる貴族文化は、〝雅《みやび》〟という日本独自の美意識を生む。そして、外国との関係が閉鎖されたまま、しばらくは平和な時代が続くが、1467年（応仁元年）から始まった応仁の乱で、11年もの間、京都は内乱状態となる。そして焼け野原となった京都から時の知識人や文化人が全国に散らばっていき、地方でそれぞれに戦国大名となる。それと共に、外来文化は地方で独自に変貌を遂げ、地方文化として形成されていった。戦国大名たちは、それぞれの文化を競い合い、高め合っていったのである。こうしてそれまでの中央集権国家は崩壊していき、地方分権国家ができ上がっていった。

そして、戦国時代末期には、世界は大航海時代を迎えると、ポルトガル、オランダ等の西洋文化がキリスト教と共にわが国に入ってくる。江戸時代に入り、それが中央文化として力を持つ以前に、それに危惧を感じた家康から家光までの徳川三代の間に、日本は再び鎖国状態へと向かっていく。しかし、外国から流入する文化は、制限はされたものの、地方毎に独自に入ってきていたため、地方の各藩文化が中心となった社会が江戸時代に形成されていくことになる。

やがて世界は、大航海時代から帝国主義時代に移る。そのパワーは日本にも「黒船来航」という形で現われ、260年あまり続いた徳川の時代は終わりを告げる。そして明治になり、それら列強諸国に対抗するため、再び中央に権力を集中せざるを得なくなり、中央集権国家になっていく。そしてその中心を走ったのが、学校教育であったとみていいのではないかと思う。

日本の大学のつくられ方

——「高野山型」ではなく「比叡山型」

田舎があって都会があるという都鄙《とひ》の概念は、日本だけに存在する大変に特異な概念なのである。明治以降、中央集権化をはかると、首都の東京などを中心に大都市はどんどんと発達して、逆に地方がどんどんと寂《さび》れていくという150年の歴史が続いてゆくことになる。そして、それがいまやそろそろ限界にきているのではないかと思うのである。

教育を考えても、イギリスのオックスフォード、それからイタリアのボローニャは、12世紀に大学の形ができている。それから、13世紀になるとフランスで12世紀初頭に創立したパリ大学に続いてソルボンヌ大学もできているし、それからイギリスのケンブリッジ大学もできている。これらの大学を見るとわかるが、パリ大学は別にして、あとはみな、田舎に学園都市ができ上がっているのである。日本のように、東京とその周辺に集中しているとか、大都市に集中しているという考え方はない。

わが国は文化輸入国であるから、輸入された新しい文化が中心の権力と結びつき、そこから地方に広がるように基本的にはなっている。ただ、そうかといって、日本は先進国の西洋文化をそのまま丸呑みして文化圏になったのではなく、日本独自の考え方というものをきちんと持って、西洋の技術や制度を輸入し、日本独自のものをつくってきた。つまり、思想は別にして、進んだ技術だけを上手く取り込むのである。

例えば私塾がそうであるが、西洋文化をそこで学んだ人たちが吸収して、それから日本中に広めていく。だから、中央の一点で輸入したのではなく、地方ごとに輸入してそれぞれに独自のスタイルで発展していくのである。そういう点でアフリカやその他の発展途上国の国々の学校のつくり方とは違う日本独自の学校のつくり方をしてきている。

日本の大学のつくられ方は、その歴史を見るとよく分かる。日本が最初に門戸を開放した時代に最先端文化であった仏教が入ってくる。そして、高野山や比叡山に今でいう大学のようなものができる。ところが、高野山にできた弘法大師・空海のそれは、天才空海があまりにもカリスマ的な存在になってしまっていたために、どちらかといえば、大学というよりも空海の教理を教える場になってしまった。一方、比叡山につくられた最澄のそれは、最澄が中国から極めて短期間にたくさんの経典を持ち帰り、彼の門弟たちがそれらを自由に学ぶことができた。すなわち、門弟たちは、それらの経典の中から自分の好きなものを自由に選んで学ぶことにより、それ以降の多くの仏教の分派が生まれていくことになる。因みに、空海の高野山からは分派はほとんど生まれていない。

比叡山から生まれたもののなかには、円仁や円珍の天台密教があり、法然の浄土宗や親鸞の浄土真宗があり、日蓮の日蓮宗があり、また道元や栄西の禅宗などがあり、その後の鎌倉仏教のほとんどはそこから生まれていった。最澄は比叡山に今でいう「総合大学」を創ったのである。このときに日本の大学というものが特色づけられたといっていい。その点で、学園都市からでき上がっているイギリスのケンブリッジ大学やオックスフォード大学とは全く性格を異にしているのである。

国公立大学の変遷

――いわゆる〝質の充実〟にひたすら邁進してきた

日本では1877年（明治十年）に東京大学ができる。東京大学というのは、これもまた不思議な大学で、西洋のつくり方とは全く違う。最初は江戸時代の天文方が蕃書調所《ばんしょしらべしょ》になり、それが西洋の学問の洋書調所になり、それが南校になって、さらに東京開成学校になり、東校の東京医学校を合併して明治十年に東京大学が生まれる。そして、その東京大学はさらに西洋の国々から色々な知識を吸収していきながら、1886年（明治十九年）に総合大学である帝国大学になり、わが国の大学の中核となる。その間に中学区、小学区と整備されていき、そこにそれぞれの学校を置くような発展の仕方をしている。

当時の面白い事象がある。そのひとつは大変に高い給料で外国人教師を多数雇い入れたことである。その頃は、大臣とか学長が年給400円くらいだったのに対して、外国人教師は600円ももらっていた。そういう外国人講師をどんどん雇い入れ、そこで選ばれた日本人が効率よく勉強した。そしてその教育を受けた日本人が、神田界隈で学問を広め、私学の成立に力を貸したのである。

もうひとつは、1875年（明治八年）から1908年（明治四十一年）まで、政府が留学生を送り出すが、その内訳を見ると非常に面白いことがわかる。全体の半分以上の約260人が、自然科学分野なのである。基礎の理学、医学、工学と農学の分野に派遣されており、特に医学と工学に大きな力を注いだ。次いで基礎の理学である物理、化学分野に留学生を送った。それから法律や経済などの社会科学の分野。これは自然科学の半分の15名くらいだった。そして人文科学に至っては50人を割っている。まして芸術系列では、たった15人で、いかに明治政府が日本の近代化をはかるために自然科学の振興に大きな力を注いできたかということが分かる。いまもその傾向は変わっていない。

そもそも帝国大学というのは、国家の必須に応じて学術技芸を教授し、その蘊奥《うんのう》を考究することを目的にしている。このことは現在に至るまで変わっていない。そしてその一番のポイントは、他の国の教育観に従属しないこと。それから、二つ目に、国のために国力をつけることに尽力すること。そして、これに対して国内が一致して支持していくことである。この3つの要点を帝国大学の要件として与えている。

そのように、教育に大きな力を注ぎ、急速に発展させ、1897年（明治三十年）に京都帝国大学ができ、それから順次、北海道、東北、九州の各帝国大学ができ、台北帝国大学を台湾につくり、京城帝国大学を韓国につくって、それから大阪、名古屋と9つの帝国大学をつくり終わる。その間、今度は国力の発展に応じて、いわゆる国立の旧制単科大学をつくる。東京工業専門学校を東京工業大学に切り替える、あるいは2つの経済専門学校をそれぞれ東は東京商科大学、西は神戸商科大学にする。それから、医科大学を千葉と新潟、金沢、岡山、熊本と長崎に置く。これが6医科大学。それから少し遅れて歯科大学を医科歯科大学として東京につくっている。また、教員養成の中心として東京と広島に文理科大学をつくっている。

それが7帝大、12官大といわれる旧制大学の確立になる。それらの方向がすべて決まったのが1918年（大正七年）から1920年（大正九年）にかけてである。その時に帝国大学令だけではなく、大学令、師範学校令も整備し、専門学校令、それから高等学校令、小学校令、中学校令と、それぞれの勅令を13本ぐらいつくった。その勅令によって各学校を整備して、そこで私立学校令も制定されて、一斉に私立大学も認可されていった。

一番早く認可されたのが大正九年。慶応、早稲田それから関西や東京の旧制の数大学、今に連なる学校がほぼ認可をされている。しかし、名称は「大学」という名前を使ってもいい——慶応と早稲田はすでに大学という名前を使っていた——ということであるが、法制上は専門学校だった。正式に大学にしたのが大正九年からで、そこで公私の差別というのが、大変明瞭についているような時代であった。それも1947年（昭和二十二年）の六三三制に切り替わるたった30年前の出来事だった。

皮肉なことに、世界大戦のさなかに、日本の就学率は急速に伸びていった。私も旧制の学校にいたからよく分かるが、中学校の就学率から大学への就学率にいたるまで、この時に急速に伸びていった。私は戦争を賛美する気は毛頭ないが、戦争によって日本の就学率が一気に上がり、そのことが国民の平均化、高度化につながっていったことも事実である。それまで田舎に閉じ籠っていた若者たちが都会に出てきて、視野がぐんと広くなった。そして、その伸びきったところで終戦を迎えた。学校のほとんどが焼けてしまったが、それを乗り越えて、戦後の新学制に移行していったのである。

1948年（昭和二十三年）の旧学制から新学制に切り替える時に、実は色々と問題があった。ちょうど私は人事院にいて、公務員たる教員の給与をどうするかという中で、新制大学の先生方の給料を決めなければならなかった。学校制度が変わり、一格ずつ昇格して学校ができたので、それをどうするか検討をした。

今でもよく覚えているが、大学、高等専門学校、師範学校を全部含めると、官立の学校が約250校近くあった。それを国立大学に整備した。どういう整備の仕方をしたかというと、7帝大のあるところは、そこに持っている高等学校、北海道大学だったら予科、東京大学だったら一高と東京高校、東北大学だったら二高、京都大学だと三高、大阪大学だと大阪高校、名古屋大学は八高、それから九州大学は福岡高校を吸収したが、その他の大部分は別の大学に組織した。従って、その7つの県だけは総合大学の他に単科大学が多数生まれた。

北海道を見ると一番よく分かるが、北海道は帝国大学が予科を併合して北海道大学となり、小樽経済専門学校が小樽商科大学になり、帯広にあった帯広農業専門学校が帯広畜産大学になる。それから室蘭にあった室蘭工業専門学校が室蘭工業大学になり、それから師範学校がそれぞれ、函館と札幌と旭川にあったから、それを北海道教育大学としてそれぞれを分校形成するという形で生まれてくる。その他のところは、どうしたかというと、県毎に専門学校、高等学校、師範学校を1つにまとめ、1大学にした。それともうひとつは所管外の水産講習所や商船学校などもそれぞれ単独の大学に加えて、それで整備し終わった時に69校になり、後に切り替えの遅れた分を追加して72校に、国立大学を整備した。

しかしそれ以来、国立大学は数を増やさなかった。その後、例えば、無医科大学県をなくそうと県毎に医科大学を増設することはあったが、普通なら学部でいいが、なぜか独立して置いた。それから教員養成力が足りないから、鳴門教育大学や上越教育大学、それから高等専門学校から入ってくる人たちのために、科学技術大学をつくるという増え方はあったが、本質的に増えたわけではない。もっぱら国立大学は、入学定員数だけを10万人程度におさえ、いわゆる〝質の充実〟をはかったのである。

――特質を失っていった国立大学

もうひとつは、国立大学が均質化していったことである。信州大学を例にとるとよく分かる。1943年（昭和十八年）に最後の国立医科大学が5校できる。その中の1校が松本医科大学。その他に群馬に前橋医科大学、青森に弘前医科大学、鳥取に米子医科大学、徳島に徳島医科大学ができる。この松本医科大学が中核になって、松本高等学校、長野師範学校、伊那農林専門学校、長野工業専門学校と上田蚕糸専門学校の6校が一緒になり、6学部の信州大学になる。その結果、総合大学としての道をたどり、特色を失っていく。

また、端的な例であるが、米沢工業専門学校は繊維を、秋田鉱山専門学校は鉱山学を、それから山梨工業専門学校は宝石類のことをやるなど、それぞれの地元の産業の特性に応じてつくられていて、専門学校がそれぞれに特徴があった。その後、産業構造の変化もあるが、そこで急速にいわゆる旧帝大型を地方の大学が目指し、その特色をどんどんと失っていった。いかに旧帝大型に近づくかということが、国立大学の良否の条件となっていたのだ。だから、逆に多様化するとか、特色化するというよりも普遍化の方向へ動いていったのである。

日本の私学が果たしてきたこと
――日本の近代化を支えた地方の私塾で学んだ若者たち

江戸時代の子供たちは、全国で2万件あった寺子屋で学んでいた。幕末期の識字率は、世界一だったという。長屋に住む子供でも手習いへ行かない子供は男女ともほとんどいなかった。もちろん寺子屋は義務教育ではなく、庶民の熱意で自然発生したものだった。当時の日本は、重要なことは国がやるべきだなどという発想はなく、自分たちで自発的に運営するのが当たり前だった。

トロイアの遺跡発掘で有名なドイツのシュリーマンは、1865年（慶応元年）に日本を訪れた時の印象を著書にこう記している。「教育はヨーロッパの文明国家以上に行き渡っている。シナをも含めてアジアの他の国では女たちが完全な無知の中に放置されているのに対して、日本では、男も女もみな仮名と漢字で読み書きができる」と。

江戸時代に寺子屋で学んだ優秀な者たちは、地方の私塾へと進んだ。幕末期の私塾には、蘭学医の緒方洪庵《おがたこうあん》が大坂に開いた適塾、シーボルトが長崎に設けた鳴滝《なるたき》塾、備前藩主の池田光政が庶民のための学問所として建築した閑谷《しずたに》学校、そして長州藩の吉田松陰が身分の隔てなく受け入れた松下村塾等々があった。実は、これら民間の私塾から明治期に活躍した多くの偉人が出てきているのである。

当時私塾（私学）は、優れた多くの人材を輩出した。ところが、諸藩が設けた藩校や幕府の昌平黌《しょうへいこう》の出身者からは偉人はあまり出てきていない。それはなぜかというと、諸藩や幕府の学問所に比べ私塾の方が思想統一されない〝自由な気風〟があったからに他ならない。そして、明治維新はこうした私塾出身者の若者たちが起こし、日本の近代化を支えた。明治の近代国家は地方の私塾出身者たちがつくったのである。日本の未来に想いを抱く人々が私有財産を投げ出して小さな塾をつくり、そこで先生と向き合って自由に勉強した若者たちによって近代国家は築かれた。見方を変えれば、これら地方の私塾を許したことは徳川幕府の偉大なところであったといっていいかもしれない。

そして、明治期に入って、日本という国が行った教育制度は、それらを踏み台にして、上から一斉に始められた。かくして、民は官に追いやられていった。

――戦後日本の私学の変遷

私立大学は1949年（昭和二十四年）から1951年（昭和二十六年）の3カ年ぐらいにわたり、準備が整い次第、切り替えていくが、その時は原則として、1つの専門学校が1つの大学になった。合併したところはほとんどない。だから、その時に107校が新しく生まれている。そのうち90校はほぼ、最初のころに許可になった学校である。それが、実は私学が急速に成長を遂げる一番の根本原因になってきた。要するに1920年（大正九年）に最初に大学になった慶応、早稲田、同志社、それからその後の立命館、法政、明治、日本大学は、戦前にもうすでに旧制の大学になり、そのまま大学になった。それ以外の旧制専門学校・裁縫女学校まで含めて、年次の違いはあるが、例えば大妻女子や、和洋女子、文化女子等を含めて切り替わり、4年制の大学になっていった。だから、切り替わった時点で72校の国立大学に対して、100校を超える私立大学が生まれた。その一つひとつが学部を増加させて、私学が量的拡大に寄与してきた。

言い方を変えれば、国立大学は18歳人口の変動に対応せずに済んだのである。日本の18歳人口が1992年（平成四年）に205万人に達したとき、騒動も何も起こらなかったのは、すべて私学が対応したからである。ところが、国立大学のほうは、入学定員をずっと10万人程度でおさえてきた。国立大学がいい教育ができるのは当たり前である。もっぱら自分の学校の強化充実に励んでいればいいのだし、質を維持することだけ熱心にやっていればいいからだ。そして、学部増や定員増のわずらわしいことはほとんど私学が引き受けたのである。

その頃の情勢を見ているとよく分かるが、いろいろな調整で第1次ベビーブームに対応した。それから第2次ベビーブームの時には増えて減るわけであるが、増えてから減るということが分かっていて、どうするかということについても、第2次の大学審議会の計画分科会で暫定定員をつくるなどして対応することになる。その時、私も設置審の計画分科会の委員をしていたので、そういうことの措置はほとんど承知しているが、国立大学は一切増減措置はとらず、専ら自分の地位を高めるところに全力を尽くし、ますます質的な意味で格差がつくことになった。

そして今、18歳人口が1992年（平成四年）の205万人のピークから既に半減し、更に、今後も半減し、ピーク時の4分の1になることが見込まれているなか、それをどうするかという問題が起きてきている。

日本は学歴社会ではなく〝学閥社会〟

――戦後塗り替えられてしまった学校制度

さて、国立大学と私立大学の変遷を対比して大学の構造の変化をみてきたが、その中で、私なりに問題だと思うことを提起したい。その第一は、旧大学制度と新大学制度、戦前の制度と戦後の制度が基本的に違っている点があるにもかかわらず、それが明確になっていない。これが実は一番大きな問題なのである。

わが国の近代化を進める過程で、必要な人材を入学試験のみをもってその選別の道具とした。だから身分の別なく誰でも挑戦できた。どこに生まれようとも、貧乏人の子に生まれようとも、挑戦して試験に受かり、卒業すれば社会的に一定の待遇が与えられる厳正なシステムが整備された。例えば、海軍大将の子弟といえども、試験に受からなければ兵学校には入れなかった。この近代化に適応する能力を持った人たちを選別して中央に集めるシステムが、結果的に日本の近代化の発展に重要な役割を果たしたのである。

それと同時に試験を重視するということは、飛び級も認められていた。だから、試験さえ受かれば、2年飛び級しても、1年飛び級しても構わない形がその結果としてできてきた。事実私も、中学5年のところを、3年修了で海軍兵学校に入っている。

それが、戦後の1948年（昭和二十三年）の新学制への切り替えで、アメリカの占領政策として、入試中心選抜システムからアメリカ型のディプロマ（卒業証明書）取得による選別システムになった。つまり、小学校を出なければ中学校へ入れないし、中学校を出なければ高等学校へ入れない、高等学校を出なければ大学へ入れないシステムになった。しかも単位制になり、決められた単位をきちんと習得しないと卒業できないし、上級の学校へ進学できなくなった。

これは建前としては理解できる。しかし、旧学制の入試選抜システムは60年経っても未だに改められることなく続いている。それどころか、むしろ入試制度は強化されて入試センターまでつくってやっている。せっかく〝ディプロマ・システム〟の新制度ができたのに、両者が比較検討されることなく、戦前の選抜システムが温存されたままでは教育改革が進まないのではないかと思う。

例えば、公務員試験をみてもわかる。外交官試験もそうだが、いわゆるその大学の卒業レベルの人たちを対象にして試験をして、卒業をしていなくても公務員試験に受かれば、採用されてしまう。だから、ディプロマ（卒業証明書）を取らないうちに入った人の方が優秀ということで、ディプロマを取ってからでは手遅れになるともいえる。ということは、今の六三三制とは相反する中味に基本的になっているのである。

これは、わが国はその旧制度の〝学閥システム〟をそのまま持続してきたといえるのだ。なぜなら、その方が歴史のある大学にとって有利だから。自分たちの権益を守るシステムを当然残そうとするから、結局そういうことになってしまっているのだ。

日本の教育制度は入学重視のシステムであり、入ることが大事だとされる。有名大学はそこへ入れば社会の人が認めてくれるからみんな行きたがる。従って、入学したらそこでどういう勉強をして、どういう能力が身につくかということはあまり考えない。採用する方も大学で何を学んだかは大して期待していない。また日本では、人間集団に属することが非常に大切なことで、企業に入ると企業が抱え込み、途中で学校へ入学すると企業に戻ってても居場所がなくなってしまうため、流動的な関係ができないシステムになっているのである。

社会の多様化に応じた学校教育とは

――〝ユニバーサル・アクセス〟時代の新たな歪《ひず》み

次の問題は、今や誰でも大学に入学できるといういわゆる〝ユニバーサル・アクセス〟時代（大学全入時代）に突入したにもかかわらず、その実態は、依然として旧学制システムの体質から脱却が全くできていないという現実である。

ひとつの例をとってみてみよう。私学振興のための「私立学校振興助成法」という法律が公布された。この法律の背景は何か。それは１９７５年（昭和五十年）の統計調査で、大学進学率が38パーセントと急激に大きく伸びたことにある。併せて高等学校への進学率も80パーセントを超えた。これはちょっと急激すぎるのではないかということで調べてみたら、受け入れ側の私立大学のほうにも少々問題があった。

自分の大学（文化学園）の歴史をみてもわかるが、補欠の大量取得ということについては何らの規制も罰則もなかったのである。その結果、定員の2倍を超えるなどというのは当たり前で、なかには定員の10倍なんていうのもあった。平均すると1・7倍くらいになっていた。お陰で、私立大学のほうは財政的には豊かになったが、これはいくらなんでもよくないということで、「私立学校振興助成法」という法律をつくって、私立大学の入学定員をそれまでの「届け出制」から「許認可制」に切り替えた。それから、急速な抑制政策がはじまった。そこで「定員逸脱」を厳しく取り締まる代わりに、入学定員をきっちりと守りさえすれば助成金を出しますよ、としたのである。そしてこれが、入試制度の厳格化の強化にもつながっていった。

――大学にはない独自エリアとしての新たな教育の場

この私立学校振興助成法とともに、学校教育法の一部改正で「各種学校を専修学校に切り替える制度」というものができた。日本の私立大学は、各種学校から内容を充実して1つずつステップを上がり現在の大学に成長していっているのがほとんどである。日本の多くの私立大学の特徴は、いきなり大資本を投入してつくったのではなく、最初は5〜6人という小さな芽から始まって、社会情勢に応じてその芽を100人にして、1000人にして広げていっている。日本の私学は自身の力で発展してきているのである。

ところが、時代は大きく変化してきている。いわゆる「一条校」（学校教育法第1条に掲げられている学校）になるためのステップとしての各種学校ではなく、各種学校のままで社会的な教育機能を果たすようになってきた。時代が急速に変化すると、現在の大学などでは対応できないエリアが複雑に生まれてくる。それに対してどうするかということが、

「一条校」に入っていない専修学校にとっても大きな課題となる。専修学校は社会的ニーズに自由に対応して学校を創立するようになるが、それを大学に準ずるとか、また短期大学に準ずるとかいう形だけではなく、大学ではやらない、またはやれないエリアに拡大して、それを独自エリアとして新しい教育の場が生まれてきているのである。つまり、「一条校」になるためのステップではなく、大学では対応しきれない社会の複雑なニーズに対応するための制度である。それが時代の流れを受けて、急速に発展してきている。大学進学率も常時20パーセントを超えるまでになった。

人間には、音楽的才能のある人、感性の高い人、手先が器用な人、運動能力の高い人、それから一番大事な社会的なコミュニケーション能力に長けた人、そういう多様な能力をもつ人がいる。それぞれが様々な高等教育の中で磨きをかけて社会の接点に向けていくようにすべきである。つまり、それぞれの人間がその持っている個性や特質を発揮できるような教育システムが必要なのである。だから、専門学校も高等教育の一つとして、大学教育と同じように重要なのだと日本の社会が認めていくべきなのである。

――〝ポスト・セカンダリー・エデュケーション〟

さらにすすめたものが、高等教育を「前期高等教育段階」と「後期高等教育段階」の2

段階に分けた教育システムにする〝ポスト・セカンダリー・エデュケーション〟というものである。前期の高等教育では、旧制高校のような「リベラルアーツ」すなわち物事の全体を見る目をしっかり身につけていくことや、専門学校や短大を含めた専門教育を施すことを主に学ぶ。もはや大学が最終段階ではなくなっているのだから、大学とか短大とか専門学校の区分をなくして、一緒にして前期の高等教育のなかで、それぞれの特色に応じて、後期の高等教育につながっていくという風な形で切磋琢磨を図っていくのである。前期の高等教育を思い切って「多様化」することで、これからの時代に必要な多様な職業群に対応できるような多くの人材を育てることができるようにするのである。

日本の大学は「富士山型」から「八ヶ岳型」に

——これからの大学の役割とは

次の問題提起は、大学の設置者別機能を明確にすることの是非である。国公立と私立がそれぞれの時代にそれぞれの役割を果たしてきているわけである。これから国公立と私立というのは、どういうふうにその役割を担い、果たさなくてはならないかということを、明確に定めてゆくべきである。今日の社会的優位につける人材育成は国立が先取りしているのを、逆にすべてを一緒にして競争的資金を分配するなどして、結果として優劣がつかないように考え直すべきである。少なくとも「国立大学でやらなくてはならない大学教育とは一体何なのか」ということぐらいは明確にすべきである。その他に任せるものは私学を中心に任せてもらえばいいのではないかと思っている。

そのなかで、高等教育が目指すものの中心をなすものは、それぞれの未来の社会が必要とする人間の能力の開発である。そして、これからの多様な社会に対応して、多様な教育を進めるといわれてずいぶん久しいが、依然として日本は、東大などを中心とする「富士山型」から全く脱却ができていない。多様な才能を認めるといいながらも、あまり認められていないというのが現実ではないか。それでは日本の学問が発展しないのは当たり前である。そこで、今の「富士山型」を「八ヶ岳型」にするためには、基盤の能力の広がりをどうするか、そこに一つひとつの山をどうやって築くか、その特性をどう認めていくのかである。

例えば、現在の大学では、社会科学、自然科学、人文科学といった分け方が伝統的で、その分けた枝葉の体系として学部・学科が構成されている。ところが、こうしたプロシア的な発想に基づく体系では、現在の社会の中のあらゆる現象に対応できなくなっているのである。

今の時代はむしろその体系のなかにはなくて、枝分かれしたものをどうやってくっつけていくかということが大事になっている。つまり、枝分かれしたもののなかに細く入っていくのではなく、枝分かれしたものをからめとって、絽《ろ》をつくり、紗《しゃ》をつくっていき（いずれも着物の絡み織りの一種）、それらを一つにまとめていくのである。

――新たな生涯学習的な視点

昭和五十年代に生涯学習という概念が確立した。これだけ多様で産業構造の変化の激しい社会になってきているのだから、若い時に覚えたことだけで一生通すことはもはや難しくなってきていることだけは確かである。

そこで、いわゆる18歳人口だけが入学対象ではなく、25歳になっても、50歳になっても入れるようなシステムをつくろうとすれば、今の制度では難しい。というのは、日本では就学年限が4年制であれば、最長で8年までしか在学を認めていない。それに対して、アメリカは大体1学年について6年間の在席を認めていると聞いている。だから4×6＝24年間の年齢の幅にわたって在学が可能ということになる。日本もそういうふうにすればどうかという議論であるが、そもそも社会人と学生との相互交流がなく、われわれもそれを受け止められるかどうかという課題がある。これを可能にすれば、18歳人口減少の緩和になり入学人口が将来減少する一方でも、社会人からの進学者を捉えるというようなシステムをつくれるのではないかということである。そういった学校の制度的なことも、どのようにしたらいいかをこれからやっていかなければならない。

以上のディプロマ・システムをどう確立するのか、大学を「富士山型」から「八ヶ岳型」にするにはどうしたらいいのか、生涯学習的な要素をどうやって現存の大学へ盛り込んでいったらいいのか、ということを考えることによって私立大学のこれからの制度的方向が出てくるのではないかと思っている。

先進国で最も低い高等教育経費
――財政面からみる日本の大学の未来

最後に、新たなる〝ファンディング・システム〟（事業資金の調達方法）についてである。いま、ファンディング問題として起きているのは大きく2つある。

その1つは、日本の大学はこのままでいったら世界の中でどうなってしまうのか、という大きな問題である。世界の先進国を比較してみるとよく分かる。高等教育経費が先進国で最も安いのは日本である。国の税金の使い方をみると、日本は、高等教育経費はGDPの0・5パーセントに対して、米国は12パーセントも使われている。全く桁違いである。また欧米でも平均で1〜1・2パーセントと日本の倍である。日本の0・5パーセントは先進20カ国の中でも最低なのだ。なぜこういうことになるのか。それは、日本は私学が全体の7割を占めているからである。いま私は、何もここでその是非を論じているわけではない。が、この国際比較の中で国庫負担をこれからどう変えられるかが問題の一つになっているのである。

それから2つ目は、国内的な差をどうしていくかということである。これには4つある。

第1は、公私の差である。欧米では公私の別なく国がお金を出しているが、なぜか日本は、私学にあまりお金を出したがらない。ということは、教育費は親の負担にかかっていっているということである。官学は世界で最も高い水準の恩恵を受けているのに対して、私学は世界で最も低い国庫負担で済んでいるのである。官学と私学の国庫負担の違いをどう考えていったらいいか、もっとうまくやれる方法がないのかということである。

第2は、大都市と地方の差である。都道府県で、非常に有利なのは大都市である東京、京都、大阪、名古屋である。それから政令都市である福岡、金沢、仙台、札幌まではいい。

が、その他の大半は難しさが残っている。従って、そういうもののファンディングをどう考えていくかである。

1948年（昭和二十三年）に多くの私立大学ができた。その107校のうちの半分は、東京、千葉、神奈川の南関東だけで、いわゆる首都圏が占めている。そして大阪と京都の関西圏で4分の1を占め、あと残りの4分の1がその他の道県である。中央へ集中していったのである。1975年（昭和五十年）の大学設置審議会の計画分科会で、これはいけないということで、東京などに工場等制限法という法律を使って、学校の設置を認めない、地方に分散しようということになり、それからずっと分散設置を続けてきた。ところが皮肉なことに、都市がますます有利になって行く結果になった。なぜ有利になったかというと、その間、もっぱら自分のところだけを充実強化することができたからである。新しい競争相手が生まれてこないわけであるから、充実するわけである。だから、東京とか大阪とか京都の大学がまた強くなるわけである。その後、新しくできた大学は、すべて地方へどんどんと設置が認められたから、地方の大学は新しい大学と競争することになり非常に不利な状況におかれている。そのファンディングを一体どうするのかということである。

第3は、専門分野別の学校間の格差である。すなわち、専門教科別の格差のことである。実はこれに関するミスマッチが非常に多い。例えば、医学部の問題である。医学部というのはいつでも足りない状況のなかで、ちょっとでも増えると、すぐセーブされる。今足りなくなって大慌てをしていて手配したら、薬学みたいな問題になってしまう。そういうことをどうするかという課題を多く抱えている。それから、そのいわゆる専門教科が社会の構造変化とどのようにマッチしていくのか。ミスマッチになってしまうということを絶えず研究しなければならないし、新しい社会に対応するには、その対応できる先生の養成も私学独自でやっていかないと、なかなかその専門の先生が育たないという問題もある。

そして第4は、規模によるファンディングの格差である。職種による格差と規模による格差で、もう統計でもはっきりしているが、入学定員が800人以上と800人未満では、医学部は別であるが、確然たる差が出ている。800人以上のところは経営的に自立できる内容であるが、800人未満のところは、なかなか充実が難しい。

いわゆる〝ファンディング・システム〟のなかでも、国際的に見た時に果たしてこれでいいのか、国内的に見た時、公私の差をどうするか、都市と地方の差をどうするか、学校間の規模別の格差や専門別の格差をどうするかということをこれから調整していかないといけない。これに対して知恵をどういうふうに出していくかということが、これから大きな課題になるのではないかと思っている。

第2章

近代日本を支えた教育の変遷と未来

（平成二十一年十一月二十七日の私学会館での特別講演「私立大学の変遷と針路」をベースにして書き改めたものである）

第3章

〝風来花自笑〟

――日本は強い者が勝ってはいけない社会をつくってきた

〝権力的でない政治家〟赤城宗徳氏の直筆の書「風来花自笑」

日光・田母沢の御用邸でのＧＨＱによる公務員研修。後列中央が著者。1949年（昭和24年）4月

日本人は、強い者が威張るのを最も嫌う。もしも権力者が権力を行使したら、日本人は誰も尊敬しなくなるだろう。今の世の中は競争社会である。権威があって、権力があって、お金があったら、強いに決まっている。また、そういうのが勝つに決まっている。しかし、そういうのを応援していたら、強い者はどこまでも強くなってしまう。だから、そういうのを勝たせてはいけない。そして、そういうことを日本はちゃんとやってきていた。もともと日本という国はそういう風土ができていたのだ。

日本は強い者が勝ってはいけない社会をつくってきた。そして、それは素晴らしいことなのである。そういうことを子供たちにちゃんと教えないといけない。

強い者はたとえ悪口をいわれても平気なものである。どんなに悪口をいわれようともビクともしない。ところが、弱い者は強い者から悪くいわれるとすぐにつぶれてしまう。人間社会というものは、とかく強い者が勝つ。勝つから強いのだ。だから、強い者はますます強くなり、弱い者はますます弱くなる。しかし、そういう社会を決していい社会とは呼ばない。むしろ強い者をたしなめて、弱い者を共に連れて行こうというのがいい社会なのだ。

そして、強い者に威張らせないのが人間の知恵であり、本当の政治であり、真の教育であると私は思っている。日本という国がその軸を外してしまったら、何事もうまくはいかないのだ。日本には「惻隠《そくいん》の情」という素晴らしい言葉があった。それとほぼ同じ意味で

〝ノブレス・オブリージュ〟という言葉がかつて使われたことがあった。そして、日本には、いわゆる〝権力的でない政治家〟がいたものだ。この章は、そういった人たちにまつわる「対談」をもとにしている。

「惻隠の情」をもって接する

奥村（奥村有敬《ありよし》氏──ロータスコーポレイトアドバイザリィ代表──）先般頂戴しましたご本（『絆《きずな》』平成十年刊）の中に、政治家の赤城宗徳さんのお話が出ていますが、大沼さんのお言葉として、赤城さんは権力的でない政治家だったということが書いてありました。今日はその辺からお話を進めていただこうかと思います。

政治家というのはみんな権力志向ではないかと私は思っておりました。「権力的でない政治家」というのはどういうニュアンスなのか、味のあるお話ではないかと思いました。

大沼　権力というのはなにも政治家だけでなく、会社の社長だって権力はあるわけで、私はここの理事長なのでその範囲内ではしっかり権力は持っております。但し、権力で仕事をしてはいけないという信念を持っております。ですから権力で命令して仕事をやらせることは一切しておりません。

昔から「惻隠の情」という言葉がありますが、その「惻隠の情」の想いを持って部下に接するということを心がけています。また、もうひとつは「五箇条の御誓文」の中の三番目の言葉が好きなんですが、「官武一途庶民に至るまで、おのおのその志を遂げ、人心をして倦《う》まざらしめんことを要す」と書いてある。これは経営者でも同じだと思いますね。これは役員であろうと部長であろうとそれぞれ自分の処を得て、そういう人たちを倦ませてしまったら社長として落第だということですね。

権力の座にある人はそういうことをやってはいけないんだということが、この御誓文の三番目に書いてありまして、その意味で権力的ではいけないと申し上げたつもりです。このように日本は強い者が勝ってはいけない社会というものをつくってきた歴史があるのです。

〝権力的でない政治家〟

大沼　私は、霞ヶ関に役人として入りました。幸運にも昭和二十四年の第一回公務員試験に20歳のときに受かりまして、即採用ということで人事院に入りました。たまたま文部省の担当官になった時、国民学校の初等科が小学校になり、高等科が中学になり、中学校が高等学校になり、そして旧制高等学校が新制の大学になるなど学制の切り替えの時期で、それら学校の教員給与制度立案の責任者になりました。

奥村　大変な時期でしたね。

大沼　また、日教組との団体交渉の窓口も担当した頃に、憲法のもとで新国会議員が登場してきました。川島正次郎さん、坂田道太さん、田中角栄さん、竹尾弌《はじめ》さんなどです。私は名もなき平事務官でしたが、その方々は、仕事を通して、分を超えて親しくして下さいました。当時の国会議員は、戦後ということもあったのでしょうけれど、およそ権力的ではなかったのです。

奥村　その頃はそうなんですか。

大沼　われわれも忌憚《きたん》のない意見交換ができて、赤城さんのお手伝いなどしました。今みたいに役人はけしからんということは全く無くて、お互いに助け合っておりました。ですから相手が大臣であろうと関係なく仕事ができました。私は役所に10年ばかりおりましたが、権力的な振る舞いをする上の人は殆どいませんでした。自由に仕事をさせてくれましたね。特にGHQがつくった人事院におりましたから。

唯一変えられなかった〝官僚閥〟

奥村　あれはGHQがつくったのですか。

大沼　GHQが公務員改革をするためにアメリカの組織を日本に持ってきて、初めてつくったんですね。つまり極めて中立公平な公務員人事をやらなかったために、片寄った旧軍部の独走を許したとか、官僚専横を招いたとかという経験から、それを防ぐために、そして、権力を排除するために人事院というのが生まれたわけです。National Personnel Authority という名前になるわけです。

それで、人事院は内閣に属しているけれども、総理大臣の直接指揮下には入らない。トップは三人いますが大臣並みで、そのうち一人が総裁になっている。公務員にはスト権もなく、公平な人事が行われる建前である。ですから、ある意味ではアメリカの権力構造の重要な考え方が入っているんですが、やがてこれがうまく適合しなくなってきたんですね。しかし、これがうまく機能していれば日本の社会はたいへん良くなっていたのではないかと私は今でも思っています。

公務員試験に合格してすぐにＧＨＱ管理下の人事管理行政の最初の研修生になりました。日光の田母《たも》沢《ざわ》にある大正天皇の御用邸をＧＨＱが押さえていたので、そこに第１回の公務員試験に受かった２００人が召集されて、３カ月間、アメリカの行政管理理念を叩き込まれたわけです。

その時にいわれたことを覚えていますが、ブレイン・フーバーという当時の公務員部長が講演をして、「日本の民主化を図るために５つの障害がある。一つは軍閥、次は財閥、地主閥、学閥、そして官僚閥の５つ。これを解体して改革をしたい。これまでに軍閥は解体した。財閥も分けた。地主閥は農地改革で解任した。そして新学校教育法の施行によって学校改革もやった。残ったのは公務員の官僚改革だ。日本の中で最も大きな問題は官僚閥解体だと占領軍は思っている。しかしこれを海に捨ててしまったら、日本の機能は止まってしまう。従ってこれは海に捨てられないんだ。よって、諸君を教育して日本の官僚制の民主化を進めたいと思う」と。これは印象的でした。

3カ月間みんなで英文の資料を手分けして翻訳し、ガリ版で刷って回し読みしました。しかし、結果は、その後10年努力しても、アメリカ的な改革は全くできませんでしたね。

奥村　古い話ですが、ガリ版刷りのその資料はお持ちになっておられますか。

大沼　それはお互いにつくったものなので持っていませんが、人事院にはあるんではないですか。

奥村　フーバーのその資料は人事院に残っているんでしょうね。なかなか骨太の話ですね。

大沼　設立時の人事院の中立公平という精神は残っておりまして、役人の人事の原則というのは、例えば人事院の人事官も同じ大学からばかり採るのはだめなんです。東大から一人入ればほかは他の大学からと。国立、私立関係なく。それと学科も法学部だけでなく、工学部からも入る。そういうことを昔はきちんとやっていたのです。その精神もだんだんなし崩しになっちゃったというのは、大きな力を持っている学閥が必ずしも解体されていなかったからです。

第3章 〝風来花自笑〟

人生の師・赤城宗徳氏との出会い

奥村 大沼さんが冒頭でおっしゃいました田中角栄さんや赤城さん、もう一人どなたでしたか。

大沼 坂田道太さんです。たしか、私が公務員になった頃に議員になられた方で、温厚な紳士でした。

奥村 坂田さんも有名な方でしたね。

大沼 坂田さんは文部大臣になられた。赤城さんは一番最初に文部政務次官になられた。その時、私は文部省の担当官で、赤城さんと知り合うことになった。

奥村 大沼さんと赤城さんは同郷でいらっしゃるわけでもないのに例の本（『私の履歴書』）にもお二人のことを焦点を当ててお書きになっておられたので、どうしてかなと不思議に思っておりました。

大沼 私が役所を辞めるときに、農林大臣になっておられ、大臣室に挨拶に行きましたら餞別にといって書を書いてくれましてね。「風来花自笑」。〝風、来たりなば、花、自ら笑う〟と私は読んでいます。ちょうど55年前に書いてもらったものです。これは、私の人生の上で重要な教訓になっています。

奥村　この言葉は大沼さんのご著書の題名にもされておられましたね。笑うというのがいい。

大沼　これは、無理をするな、あわてて事をするな、風がくれば花というのは自ずと咲くからじっと待っていなさいと、解釈しているんですが……。

奥村　無理やり咲かすなということですか。また、風というのもいいですね。

大沼　これも暖かいとか春だとかいわないのがいいですね。如何様にも解釈できますから。
　これは誰がいった言葉か未だにわからないんですが、これは赤城さんがつくったのではないかと思っています（笑）。調べてみてもわからないんです。赤城さんは大臣になっても、大臣になったような態度を全くみせませんでした。

奥村　ご立派ですね。

大沼　肩書きのない下っ端の役人に対してもそうでしたね。これは坂田道太さんも同じでした。だいたい偉くなった人はみんなそうですね。田中角栄さんもいばるということはなかったですね。

奥村　私はある方のご葬儀で、たまたま田中角栄さんの横に座ったことがありましたが、なにか非常に人間的エネルギーがあって、豊かな感じの方でした。

大沼　これは偶然なのですが、赤城さんは明治三十七年の辰年で、坂田さんが大正五年の辰で、私が昭和三年の辰なんです。それで三人の辰年会なんていう会をつくりまして、赤

第3章

〝風来花自笑〟

城さんの主催でよく銀座で食事をいたしました。そういうことが平気でやれた時代でしたね。

奥村　ですから今は、民間育ちが役所の方と飯食ってもいかんということで、これは日本にとって、相当マイナスになっているんではないかと思っているんですが。

大沼　赤城さんがそういうふうに接してくれたから、私もそうなったし、お手本にしているし、もともと私は権力の座についたことはなかったのですが、赤城さんには人間的なことを学びました。

奥村　今の政治家でそういう雰囲気の方って、お気づきな方ご存知ですか。

大沼　いませんね。

奥村　皆無ですか。

大沼　私は若い時から民間で仕事をしておりまして、ここの理事長も53年間やっていますし、全国の専修学校各種学校総連合会の理事長や日本青年社長会の会長もやっておりました。ですから二足の草鞋を履いていた関係で、政界の偉い方は殆ど存じ上げております。

佐藤栄作さんが総理大臣になるときに赤坂の料亭に呼ばれて、国会議員になれといわれました。「私はそんな器ではないし、頭を下げてお金をもらうのは嫌いなんです」と申し上げてご辞退したんですが、その時に田中角栄さんを紹介されたんです。当時池田内閣の大蔵大臣でした。――そのとき田中角栄氏が部屋に入ってくるやいなや、末席に座っていた顔も名前も知らないはずの私を見つけるといきなり、「やあ、大沼さん、実は今日あんたに頼みたいことがあるんだよ」と声をかけられたのです。そのとき私は、〝この人は容易ならざる人物だ〟と思ったものでした——それから角栄さんとは親しくなったんです。私は人脈にはとても恵まれておりました。でもそういう人脈は決して利用しませんでした。もし利用していたら誰も相手にしてくれなくなったでしょうね。

奥村　それはおいくつの時ですか。

大沼　赤城さんと知り合ったのは25歳の時でした。

奥村　その頃というのはいちばん心ができ上がる大事な時だったのでしょうね。それからGHQというかアメリカのいい所も入っているんですね。

大沼　そうです。GHQに出向いて折衝し、法案作りなどしておりましたから、なるほどアメリカはこうなのかというのはいつも感じておりましたね。それがとても勉強になりました。なにしろアメリカの占領政策は上手かったですからね。

奥村　日本側の受け皿も良かったけれどアメリカも良かったですね。

〝権力的でなかった権力者〟GHQ

大沼　なにしろ押さえつけることはなかったですね。それは見事でした。青年時代にそういう体験をしたというのが良かったですね。私がGHQ相手に最初に交渉したのは、公務員制度の中の休暇制度の法制化でした。GHQと折衝していて何が引っかかったかというと、「年末年始の休暇」だったんです。戦前から慣例として年末の二十九日から正月三日あたりまで休んでいましたから。

奥村　法律にないんですよね。

大沼　それを法律にしようと思ったのです。それを法文化してピーターソンというGHQの担当官のところに行ったんです。ところがガンとして認めない。「何で年末の忙しいときに役人は休むんだ」という。「但し、神道だから元旦は休むことを認める。それ以外の日を休むなんて世界中探してもないよ」と。

奥村　確かにありませんね。

大沼　何回か折衝したんですがとうとう交渉決裂しました。

そこで改めて日本人が年末年始を何故休むのかというのを調べたら、明治六年一月七日の太政官布告第二号に「自今休暇左ノ通被定候事」として十二月二十九日から一月三日の休暇が記してある。だからこれがあるので休むのですといったら、それなら結構ですと納得してもらいました。

その時も印象深かったのは、日本は無条件降伏したのではない、軍隊は無条件降伏したけれど、国体は残ったんです。従って日本国の憲法や法律は日本の国会なり正式の手続きで決めない限り全部旧法が生きているんだといっておりました。彼は新しい法律をあなたがつくるというからだめだといっているわけで、太政官布告にあるのなら、それはそれで結構ですというんですね。

奥村 実は日本の銀行も休みますけれど、なんで休むのか根拠法がないのに休むというのはおかしい、おかしいといいながら休んでいたんです（笑）。

大沼 だから役人時代にその根拠を残してきました（笑）。ＧＨＱと交渉して認めさせてきました。

奥村 お役人はいいけれど、民間も年末年始休んでいるというのはおかしいことですね。

大沼 何しろ太政官布告ですから（笑）。要するに占領軍とはいえ、そういう点ではわれわれのいうことを分かってくれるし、認めてくれましたね。ましてや「われわれは占領軍だぞ」なんていう態度は全く見せない。彼らが権力的でないというのをそこでも痛切に感じました。だから真の権力者というのは、権力だけではうまくいかないということを知っているんです。

奥村 権力的でない権力者なんですね。

大沼 そうですね。

奥村 一切発揮されることのない権力、潜在権力ですね。

大沼 幸いなことに昭和三十三年からこれまで53年間、部下を叱るということが一度もありません。力ずくで何かを進めたようなこともありませんね。

奥村 これは赤城さんのおかげですね。

大沼 それとGHQのおかげです（笑）。

〝ノブレス・オブリージュ〟

奥村 アメリカのことを知らなさすぎると、対談のなかで堤清二さん（セゾン文化財団理事長）がおっしゃっておられました。非常に憂慮されておられましてね。特にメディアがアメリカのことを知らない。つまりアメリカの政策を形成している優れたグループがありますが、そういうところに出入りしている人が日本に今いないんだとおっしゃっておられました。大統領がオバマになっていますからそれを支えているシンクタンクなんかも全部変わっていますから、今、生きているシンクタンクに接触している人がいないじゃないかということをおっしゃっておられました。

大沼 そういう政策集団が向こうでは明確になっていますし、しっかりしている。だからぶれないんですね。日本にはそういうところがないんですよ。

奥村 ないですね。

大沼 それと、政策も重要ですが、帝王学というか、人の上に立ったらどうすればいいかということを訓練する場がありませんね。

私は昭和十九年に2年飛び級で海軍兵学校に入り、そこで帝王学を徹底的に学びました。その時に入ったクラスがなんと司馬遼太郎の『坂の上の雲』に出てくる広瀬武夫中佐のいた分隊だったのです。分隊名簿を見たらその名前が書いてありました。

戦争は別にして、兵学校の教育は素晴らしかったと思いますね。いちばん重点が置かれていたのは、〝ノブレス・オブリージュ（noblesse oblige）〟――「位高ければ徳高きを要す」――です。そのことを具体的にテーマにして教育しているわけですね。なぜ兵学校をこれだけ国家が優遇してくれるかというと、国を護るという大事な使命をおびているからであって、それがなかったら特権など与えられない。私はこの〝ノブレス・オブリージュ〟を徹頭徹尾叩き込まれました。

日本のファッションレベルは世界一

奥村　もうひとつ場面転換して伺いたいことがありますが、この文化服装学院が大沼さんの主たるお仕事ですよね。この学院は現在男女共学なんですか。

大沼　元々、文化服装学院というのは半世紀以上前から男女共学で、千名以上の男性が在学しております。文化女子大学も今年、文化学園大学に校名を変更して、来年から男女共学になります。

奥村 ああ、そうですか。私は全く逆の「女の城」かと思っておりました（笑）。

大沼 そういうことではなくて、端的にいえば繊維産業の中のアパレルをつくる人材育成というのが中心課題です。

もともと日本のファッションのレベルは、遠く江戸時代から世界的にも高いんですね。女大学の五大徳目というのがありますが、まず本が読めること、二番目が字を書くこと、三番目は縫い物ができること、四つ目が洗濯、掃除を含めた清潔であること、五つ目が身嗜《みだしな》みです。

奥村 めずらしい文化ですよね。

大沼 そうですね。しかも江戸の小袖文化というのは、どこの国よりも高度です。織物、染物も含めて。当時の芸術家は、ファッションに関わる人が大勢いて、尾形光琳や尾形乾山は京都の「雁金屋《かりがねや》」という呉服商の息子でした。

〝伊達くらべ〟

奥村 伊達比べというのは、そういうことですか。

大沼 寛永寺は徳川家の菩提寺ですから派手にやるわけです。将軍はじめ、大奥の女中も町民も着物を競った。こんなことは日本の学者はあまり興味がないみたいで、研究する人が少ないですね。ファッションというのはそんな昔から行われていて、寛文小袖《かんぶんこそで》とか元禄小袖など、元禄時代に文化が花開き、〝粋〟の文化に到達する。ファッションというのは世界最高の水準に達していたんですね。

奥村　今、そのような文化史というか、昔の着物文化などについて、ここの学生さんで研究している方はいるんですか。

大沼　研究というか、むしろここの学校の授業カリキュラムとして扱っております。

奥村　この前、ここの学園内で、ルイ王朝の宮廷衣装から最近のファッションの歴史など展示してあるのを拝見しましたが。

大沼　私共の服飾博物館では、日本の着物から洋装に移り変わる歴史そのものも見ることができます。明治維新のときに、先進国並みになり、不平等条約を改正するために行ったのが洋装化です。

これは、明治天皇が明治四年に勅語を出しているのです。自分も着るからみんなも着るようにと。ですから日本の洋装は天皇自らの指導で始まり、ここから鹿鳴館のファッションが生まれ、やがて明治時代の一大産業になり繊維を輸出して近代化に成功する。横浜で1858年に通商条約も結び、日米の通商が始まったわけです。そして第1回の取引額の86パーセントは繊維だったんですね。

奥村　もちろん絹なんでしょうね。

大沼　そうです。その外貨で鉄砲を買い、軍艦を買うわけです。それは繊維産業が支えたわけですね。日本の鉄鉱業や電気産業などの近代化の基盤は繊維産業の輸出の代金だった。明治四十四年まで貿易輸出額の60パーセントは繊維品だったんです。

それで大東亜戦争に突入したらすっかりその恩恵を忘れてしまった。繊維産業の発展は遡れば江戸時代の着物文化の興隆があったからこそであって、そのあたりのことをいう学者がいませんね。

奥村　脇村義太郎先生（故人・東京大学名誉教授・貿易論）がご存命だったら、そういうことを仰ったんでしょうけれどね。

大沼　国立の大学はどこも、この分野の研究はやっていません。ですから私は、この学園でやらなければと思ったわけです。服装学の専門大学も大学院もここが最初に設立しました。そして、ファッション分野でわが国初の専門職大学院の「文化ファッション大学院大学」もつくりました。

奥村　それは存じませんでした。

大沼　世界のファッション産業を支えていこうという気概でやっております。その結果、この学園は世界でもトップクラスになったのではと思っています。

奥村　欧米の大学との専門的な分野の交流はやっていらっしゃるんですか。

大沼　はい。本学は国内で唯一の国際ファッション工科大学連盟（ＩＦＦＴＩ）の加盟校で、現在、会長校を務めています。ですから外国の評価はものすごく高いのです。

日本での評価が低いんです（笑）。何故かというと、ファッションは低く見られている。男性がそんなことをやっていて軟弱だと。実態はそうではなくて、人間は誰もが服を着ているし、ファッションは一番身近にあって関心あるテーマなのです。

奥村　ファッションをやっている日本の男性がまたなんとなく変わっている人が多いからなんですよ（笑）。

大沼　しかし、日本の戦後の東レや帝人といった化学繊維業界は、その当時は最も優秀な人が入ってきておりました。それが急速に産業としては小さくなってきてはいますね。従ってそういうところには優秀な人が行かなくなってきている。大学についても国立には専門の学部がないんです。明治以降、繊維の専門大学を一向につくらない。しかも、全国民が身に着けている衣類をつくる産業を産業として認めていない。それで、専門学校からスタートしてここに大学をつくり、修士課程・博士課程もつくり、そして専門職大学院を設置して、ファッションの総合学園としてまとめたのです。

奥村　私、今たまたまですけれど、虎ノ門にあります「東京倶楽部」のメンバーにさせてもらっているんですが、あれは鹿鳴館の歴史を引き継いでいるという倶楽部だそうですので、一度大沼さんに倶楽部で今までのようなファッションのお話をしていただいたらと思いましたね。

鹿鳴館が果たした役割

大沼 いつでも結構ですよ。鹿鳴館がいかに大事であったかという話は、たぶんみなさんご存じないと思いますから。

奥村 むしろ鹿鳴館は揶揄《やゆ》される対象として取り上げられることが間々あった。

大沼 要は猿真似というような見方で、海外の漫画にもなっていましたが、しかし、洋服圏でない日本という国がやってのけた世界で最初の洋装化ですからね。日本人が洋服を着たので、今は世界中アフリカまで洋服が行きわたったということですね。その先駆的役割を鹿鳴館が果たしたということです。

奥村 そういえばそうですね。

大沼 日本がやったから韓国も中国も東南アジアも。

奥村 中国などまさにそうですね。

大沼 日本の成功を見て、各国が始めたんです。

奥村 中国は洋服と英語ですよね。英語では日本をはるかに凌駕《りょうが》してしまいましたけれど。

大沼 中国の最近のファッション業界では、本学の卒業生が大勢活躍しています。現在1

600人位の留学生がここに在籍しています。中国から最も多く来ていますが、教育界はこれを全く評価していません。日本は不思議な国なんですね。

奥村　何か最初にインプットを間違えた。

大沼　衣服・繊維・服飾・ファッションに関する分野が東京大学にないからですよ。東大にないとすべてだめなんです。何故東大にないかというと、東大が悪いのではなくて、東大に設ける必要がなかった唯一の産業分野だったんです。江戸時代にはすでに世界一になっていたのですから。ですから他のものは早く入れられた。繊維は民間に任せておいて輸出の6割を民間の力でやれていた。あとの産業は政府の力でやらないとできなかった。

奥村　日本の女子大学ではいかがですか。

大沼　被服分野では日本女子大やお茶の水女子大、奈良女子大などにはありますが。

奥村　先生がいないのか生徒が来ないのか。

大沼　生徒が来ないんですね。私のところは、おかげさまで世界のコアの一つです。

奥村　世界のコアというのはいいですね。

大沼　アジアは文字どおりここがコアになっています。しかし、世界のコアにならないと生きていけないんですね。何故かというと、ここは前は洋裁学校だったんです。お稽古ごとというか、女性の嗜みの範疇だったんです。私がここに来たときは、そういう時代は終わったという頃でしたね。それで、全部プロ養成に切り替えた。それでこの学校だけ残ったんです。ここから高田賢三さんとか山本耀司さんだとかが育って出ていきました。

奥村 偉いもんですね。

大沼 まったく孤立無援で産業界に話してても相手にしてくれないし、寄付金なんて全くありませんでした。だから出版をやったりして自分で稼ぐしかなかったのです。こういうと自慢話になってしまいますがね。

奥村 それはご本人にはおっしゃりにくいことでしょうけど（笑）。

大沼 ですから今もそういうことを信条としております。立場上、日本私立大学協会の会長を続けてやっておりますし、公の会長みたいなのは受けております。それも権力的にはやっておりませんから（笑）。

やり残したもの

奥村 みなさんにもよく伺うんですが、今までの人生で、これだけはやり残したというようなことはございませんか。

大沼 私は、この業界にはなりたくて飛び込んできたわけでもないし、ちょっとしたきっかけで偶然に一行政官からファッションの世界に入ってきたわけで、専門家でもないし、しかし、飛び込んでみて、この社会の偉大さを知ったんです。

若い女性が真剣になって勉強していて、日本の産業を支えている。女性が支えている唯一の産業なのですね。しかし、教育機関としても、こと衣服に関わる歴史的な資料や過去の美術品ともいえる着物やドレスの保存やそれらの学術的な裏づけなど、まだまだ未完成の部分が山ほどあります。

先ほど鹿鳴館のお話が出ましたが、鹿鳴館から始まって、終戦に至る、「ロイヤルファッション」といいますか、宮中や国内外の公の祭事で着用するさまざまな衣装、例えば、金モールのついた爵位服や軍人の礼服、大礼服、中礼服、国際的な行事ではジョージ6世の戴冠式に天皇のご名代でご出席された秩父宮妃殿下がお召しになられたマントー・ド・クールなど貴重な文化が残っているにも拘らず、国立博物館でも宮内庁でも持っていない。

奥村　宮内庁でも持っていないんですか。焼けてしまったとか。

大沼　そうではなくて、保存するという考え方がないんです。ですから、ここの学校で保存するしかないんです。

しかしこれもまだ道半ばというところです。それと、江戸文化が持っていたファッションの名品の数々、先程の「雁金屋」が潰れたあとは越後屋（いまの三越）が出て、円山応挙派の絵師の描いたデザインを着物にした。襖《ふすま》に描いたら国宝になって、着物に描いたら国宝にならなかった（笑）。また、『見返美人図』を描いた菱川師宣《ひしかわもろのぶ》は千葉の縫箔師《ぬいはくし》の息子でしたし。
奥村　京都の造形芸術大学は関心を持たないんですか。
大沼　あそこは新しい大学でジャンルが違います。
奥村　しかし、伺えばたいへんなお仕事が残っていますね。
大沼　今、八十三歳ですけれど。
奥村　お時間はありますか（笑）。
大沼　お蔭様で元気なんです。

文化の伝承と創造は国の役割

奥村　今の内閣でそういうことに関心を持っている人なんかいませんか。
大沼　どうでしょうか。日本の文化を伝承することは本来国の使命です。しかし、ただ伝承するだけでなく、それをクリエイトしていく。それが芸術であり美術ですね。そうすると伝承すべき文化が変わるわけです。ですからその両方をきちんとやっていかなければならない。これを日本の教育の中に組み込まないといけない。科学だけでなく、これは国家がやるべき大切な仕事だと思っていますが、残念ながらまだ日本にはそのような考え方に目が向いていませんね。

奥村　沖縄に県立芸術大学をつくりましたね。あそこなんか新しいことに取り組んでいないんですか。
大沼　そのことに関しての明確な内容は、あまりよく存じていませんので……。
奥村　そうですか。しかし、火を起こすのでもマッチを擦ってチョロチョロからでも燃えるところから始めませんとね。
大沼　わが学園に対して経済界から寄付をしてもらったことは殆どありません。勿論あてにはしておりませんからいいんですけれど（笑）、そういう意味では自力でやってきましたから辛いところです。
奥村　そのためには魅力的な学校にして、生徒にどんどんきてもらわなければいけないということですかね。
大沼　人数を多くとると、レベルが落ちたとかいわれることもありますが、だからこそ全体のレベルを底上げするような努力は続けておりますし、指導側の人的な投資にも力を入れております。
奥村　私の存じ上げない貴重な戦後史からファッションのお話まで、まだまだ伺いたいお話が残っておりますが、今日はこのへんでひとまず締めたいと思います。長時間ありがとうございます。

第3章

〝風来花自笑〟

（雑誌『ほほづゑ』２０１２年新年第七十一号に収録したものをもとにしている）

「自由社会研究会」メンバー（発会時メンバー）。55年体制が崩壊して自由社会の危機だということで結成した会（中列左から3人目が著者）。初代理事長はソニーの盛田昭夫氏。この会のメンバーには後から加わった人たちも多く、次世代の総理候補となった竹下登、宮澤喜一、羽田孜、橋本龍太郎、海部俊樹、安倍晋太郎、中川一郎、小渕恵三、森喜朗、谷垣禎一等の各氏がいた

仲良しメンバー（左から著者、松園尚巳氏、黒川紀章氏、盛田昭夫氏）。長崎新聞社落成パーティー　1980年（昭和55年）。「自由社会研究会」はこのメンバーが中心となって始まった

第4章

私の辿ってきた道

——〝運命という名の絆〟

信州は飯山の田舎に生まれ、体も弱く、気も弱く、大の軍人嫌いであった私は、家の事情と当時の社会情勢から海軍兵学校へ進むことを余儀なくされる。そして、江田島で軍人になるための厳しい訓練を受けることになる。

「〝ノブレス・オブリージュ〟の精神を培《つちか》え」「幅広い視野をもち、リーダーとしての総合的判断力を養え」「専門家を100パーセント信じよ」　江田島での徹底したリベラルアーツ教育は、次第に私を、海軍の軍人に鍛え上げていった。

しかし、日本の敗戦とともに、再び故郷の飯山に戻される。さらに運命は追い打ちをかける。GHQ占領政策により大学進学の道が閉ざされてしまったのだ。

〝一体、俺はこれからどうなるのか？〟

故郷で食糧事情のあまりの深刻さを目の当たりにした私は、農業指導者になるべく、新しく茨城にできた高等農事講習所へと向かう。ところが、そこに待っていたのは、過酷な労働といまだに封建的な現実であった。いつしか私は、仲間たちの先頭に立って身勝手ともいえる民主化運動にその身を投じていく。

しかし、小出満二《まんじ》所長から「本当の自由とは、他人の自由をも否定しないことだ」とさとされ、ようやく目が覚める。

あるとき、新聞に載っていた記事が目に飛び込んできた。それは戦後初の国家公務員試験を知らせるものだった。力試しに受けたその試験に意外にも合格し、行政改革のために新設されたばかりの人事院の役人となる。そして、文部省担当官となった私は、GHQとの折衝や日本の教育制度改革の一端を任されるようになる。

順風満帆な官僚の道を歩んでいたある日、一本の運命の電話が鳴った……。

それはかつて役人としてかかわったことのある文化学園（当時は並木学園）の遠藤政次郎理事長からのものであった。

将来の夢などもてなかった少年時代
――アンビシャス（大望）をもったことがなかった

私は信州の山間の下水内郡飯山町に生まれた。9人兄弟の真ん中の5番目で4男坊である。飯山は千曲川沿いにたたずむ人口1万人足らずの田舎町で、1年の半分近くが丈余《じょうよ》の豪雪に覆われる。

飯山での生活はまさにこの雪との闘いだった。ただじっと耐えるしかなかった。飯山の雪は私にとってとても厳しいものだった。島崎藤村は小説『千曲川のスケッチ』のなかで、「飯山へ来て見ると、全く雪に埋もれた町だ。あるいは雪の中から掘出された町といった方が適当かも知れぬ。」という表現を使って飯山という地のことを語っている。この「雪の中から掘出された町」という表現は他では見たことがない。

しかし、この雪深い地に生まれ育ったことが、私を物事に対して辛抱強くさせ、たとえつらい境遇に出会っても、じっと時の来るのを待ち、淡々と目の前のことをこなしていくという忍耐力を培ったことは間違いない。

「Boys, be ambitious（少年よ、大志を抱け）」という誰もが知っている有名な言葉がある。これは米国人のウィリアム・スミス・クラークが、札幌農学校での職を辞して日本を去るにあたって教え子たちに贈ったものだ。

しかし、私自身はこのambitious(大望）というものをもったことはただの一度もなかった。当時の私には人生に選択という自由はなかった。ただ目の前で果たさなければならないことをやってきただけに過ぎない。そして、自らの権利などもことさらに主張しないという生き方をしてきた。これは生まれた時代や環境がそうさせたのだ。


私は昭和三年の四月十一日生まれである。そのため、小学校では3月生まれの子よりも1年も得する勘定になる。この年頃で1年という年月は大きかった。特に初等教育ではそのことは顕著である。6歳と7歳とでは学力的にも体力的にも差が出てくるからだ。毎年160人入ってくる小学校は、全校で1000人を越えた。1学年で40人ずつの4クラスである。私はそこで一番年長になる。従って、1番になってそれが当たり前のことになっていった。

それに加えて、私は先生のいうことをとにかくよく聞くまじめな子だった。先生にとってはいわゆるいい生徒になっていた。そのため、先生は私のことをとてもかわいがってくれた。

こういうことがあった。実は、その担任の先生の弟は、信州出身の有名な左翼運動家であった。弟にそういう人間が出ると、将来校長はおろか教頭にもなれなかった。またそういう時代だったのだ。先生はそういう世の中に対して、「バカバカしい」と思われたのだろう、教師の仕事を半ば投げ出してしまっていた。そして、「自分のやりたいことに専念したいから」といって、あろうことか、授業の方は生徒の私に任せてしまったのだ。小学校5年生のときである。

かくして、私は先生を代行して教壇に立って授業をするはめになってしまった。本来であれば大威張りであろう。しかし、それが当たり前の雰囲気でもあった。後年になってから、「俺が勉強ができたのはお前の先生の代行のせいだ」と、当時の同級生にいわれている。

さらに、今の時代ではおよそ考えられないことなのだが、通信簿も私が先生の万年筆を借りて、学籍簿から転記し、みんなに手渡していたのだ。このことは後になってから語り草となった。同級生が私のところに「俺の成績はどうだった？」と聞きに来ていたことを覚えている。

小学5年が終わりを迎え、その担任の先生は定年で学校を去っていった。そして、私の先生代行も終わりを告げた。4月からは新学期を迎え、私は6年生になった。

飯山の春は遅かった。待ちきれずにいた桜の花も、一瞬の晴れ間をめがけて咲き誇り、そして春の嵐とともに葉桜へと変わっていった。

そして、私を取り巻く環境もそれまでとは大きく変わっていた。

同じクラスには何人かの腕白児たちがいた。今まで彼らは面白くなかったのであろう。それまでじっと息をひそめていた彼らは、私をいじめにかかったのである。その腕白児グループの中に、特に腕力だけが唯一の取り柄という子がいた。その子がグループのリーダー格だった。学校の帰り道で私を待ち伏せして襲うのだ。体が弱く、気の弱い私は逃げる以外になく、遭遇を避けて家に逃げ帰っていた。

新しく担任になったのは、ベテランの師範学校出のS先生だった。この先生は私が陰でいじめられていたことをちゃんと把握していたらしい。

こういうことがよくあった。一日の最後の授業で、その日の科目のテストをして、そのとき先生は、「できた人から帰ってよろしい」といってくれたので、私は一番早く帰ることができた。私をいじめていた級友たちは、当然後から私を追いかけることになる。しかし、間に合うはずもない。先生は私のことをかばってくれたのだった。

当時私はこれがいじめだとは思わなかった。が、後になってから考えてみると、どうもあれはいじめだったらしい。でも、あれはやっかみからであると私にも分かっていた。だから、その当時も正直いって何とも感じていなかったし、しかたがないと思っていた。いわゆる、昨今のような弱い者いじめとは本質的に違うのである。

クラスには男は20人いたが、中学校に行ったのはその内6人くらいだった。家が貧困で中学校に行けなかったうち5～6人が奉公人となり、それきり交遊がなくなった。例の腕白のリーダーもそのなかに含まれていた。当時はこういう可哀そうな子がいたのだ。同じ貧乏人の子でもちょっと教育を受けた子と受けてない子とでは格段の違いになっていった。当時の日本はそういう教育構造だったのだ。

両親を想う
――常に親の立場で考えてきた

私はどちらかといえばおとなしい子供だった。でも、たいていのことは自分で決めた。私が他の誰よりも自律の精神をもっているとするならば、それは物事の判断を最後は息子

小学校３年生のとき、両親、兄弟たちと（前列右から２人目）

の私に任せるように育ててくれた母のお蔭である。だから、青年期になって、親のもとを離れて生活するようになってからも、いつも心の中の母が私の支えになった。〝母を悲しませたり、困らせたりしてはならない。母に喜んでもらえる人間になろう。努力して心配をかけないようにしよう……〟と。

私の生まれ育った飯山は、島崎藤村の小説『破戒』のモデルとなった場所でもあった。飯山は古い城下町であったことから、いわゆる被差別部落が存在していた。それは深刻な社会問題でもあった。しかし、小学校の先生だった母は、「そういう家の子供を絶対に差別してはいけないよ」と、いつも私たち子供にいい聞かせていた。そして、そういう家の子が家に遊びに来ても、他の子と全く対等な扱いをしていたのを今でもはっきりと覚えている。それが母の教育だった。私が、小説『破戒』のなかに出てくるお志保という、常に変わることなく主人公を慕う娘の姿に、理想の女性像を見ていたのも母の影響によるものかもしれない。

私の父は、東京に生まれ、東京で育った。父方の祖父は旧新発田《しばた》藩士で、祖母は旧会津藩士の娘だったらしい。結婚して米沢藩から大沼姓を受け継いだが、明治維新とともに家禄を奪われ東京の両国に移り住んだ。そして、私の父が生まれた。

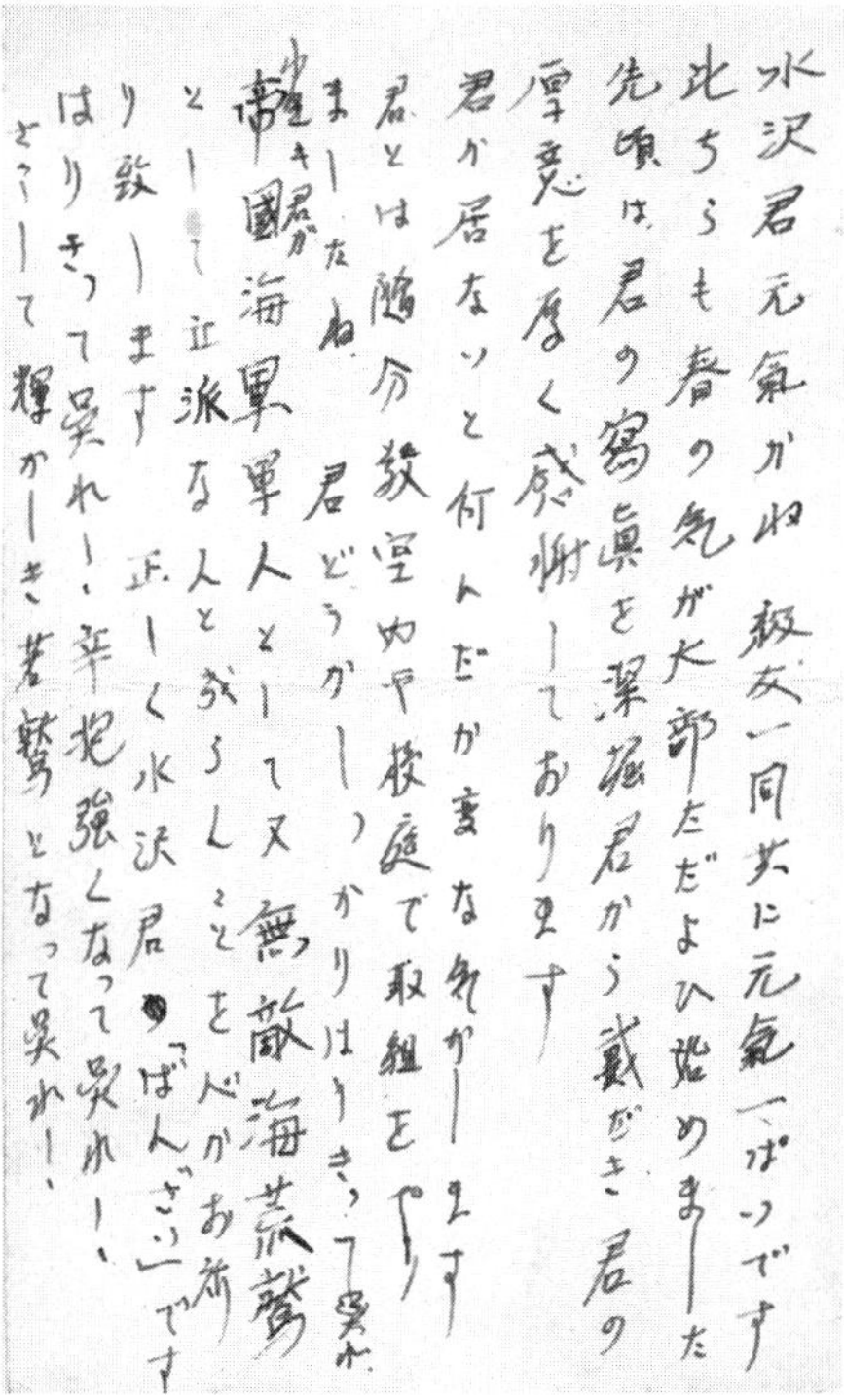
水沢君元気かね 級友一同共に元気一ぱいです
此ちらも春の気が大部ただよひ始めました
先頃は君の写真を渠猛君から戴き君の
厚意を厚く感謝しております
君が居ないと何んだか変な気がします
君とは随分教室や校庭で取組をやり
ましたね 君どうかしっかりはりきって呉れ
帝國海軍軍人として又無敵海荒鷲
として立派な人となることを心からお祈
り致します 正しく水沢君の「ばんざい」です
はりきって呉れ！ 辛抱強くなって呉れ！
さうして輝かしき若鷲となって呉れ！

海軍飛行予科練習生（予科練）の友人に宛てた筆者の葉書

父はかつて召集されて旭川連隊にいたこともある軍人経験者だった。また趣味の越前琵琶は師範格の腕前であった。父は、第一次世界大戦時に、飯山に軍需工場の社長としてやってきた。そこで、毎日工場の前を小学校に通勤するために通っていた母を見初《みそ》め、結婚する。そして、母の生家で暮らすことになる。母の生家は、蔵が二つある地元でも旧家であったが、明治に入ってから鉱山詐欺にあい、凋落《ちょうらく》していた。しかし、家は昔のままだった。

父親は人がよく、保証人となり、そのあげく会社は倒産、家は貧乏になった。その後、父は飯山にできた日本通運の飯山出張所の所長となった。そのお蔭で、私は中学校には行けた。そういう意味では、恵まれた家庭といっていいかもしれない。

私の両親はともに人がよかった。どうも私はそのお人好しの性格を受け継いだようだ。だから何でも引き受けてしまう。兄弟たちはとても仲が良く、極めて健全な家庭で育った。兄弟の構成は、兄が3人、弟が3人、姉が1人、妹が1人。私は9人兄弟の真ん中の5番目である。

兄弟の真ん中は、親の認識というものがあまりないものらしい。お蔭で私が何をしようと勝手だった。勉強ができようができまいが、またどこの学校に入ろうが勝手だった。だから、「将来何になれ」とか一度もいわれたことがなく、特に何かで注意されたという記憶もあまりない。だから、すべて自分で考えて、自分で決めた。

そういう子供はどうなるかというと、すべて親の立場で考えて行動するようになるものである。私も、まずは親の負担をいかに少なくするかを一番に考えた。私の行動はすべてが親を思う心からであった。

学校の選択も親の立場を考えて決めた。東京に出てきてからも、〝変なことをしたらおふくろが泣くだろうな〟とだけ考えて行動した。〝こうしよう、ああしよう〟ではなく、自然にそうなっていた。その結果、何が培われたかというと非常に強い独立心であった。

私は何事においても自分のことを他人に頼んだという記憶はあまりない。今までに自分個人のことで人に頼んだことはほとんどなく、すべて自分の力でやってきた。また、そういう時代であり、環境でもあったのだ。

最も不向きな軍人になった
――時代の流れのままに生きざるを得なかった

私は不思議と節目節目の試験にはみな合格してきた。だからといって、そのための勉強をしたということはなかった。ただ通常の学校の勉強を通常通りにやってきただけである。

また私の家は、勉強をそんなにやるような空気ではなかった。親からも「勉強しろ」などといわれたことはなかった。それでも小学校のときはずっとトップだった。尋常科を卒業して中学校（旧制）に入ったら、高等科2年を修了した年上の人たちも入ってきた。学年で110人中、15人くらいは高等科を修了していた。

現在の小学校は、6年間の教育課程を修了してから中学校へと入学するが、戦前および戦中の学制では、小学校には6年間の尋常科とさらに2年間の高等科が設置されていた。中学校へは私のように、高等科を経ずに尋常科からも直接行くことができた。

一学期の最終の成績表をもらったとき、今までのように当然1番と書いてあるものと思って見たら、「110人中6番」とあった。この成績を見て驚いた。〝俺よりも上に5人もいるんだ、いったいどういう連中だろうか〟と思って調べてみると、なんと休み時間なのに勉強しているのである。そして彼らは、高等科まで修了してきた2年先輩の人たちだった。〝なるほど、勉強している人もいるんだ〟というのが正直な感想だった。

父兄会で母親が呼ばれたとき、「あの子は勉強の方はさせないでいいから、もっと体を鍛えさせなさい」と担任の先生からいわれたと母から聞いた。だから、私は家では特に勉強はせず、川などで遊んでいた。

私は、〝一生懸命勉強してそれで成績が1番になるくらいなら、1番になどなっても仕方がない〟

いつもそんなふうに考えていた。けれども、中学校では5番以内くらいのところにはいた。3年生の学年末に、全校共通の模擬試験をやったとき、4年生、5年生を含めて数学でトップになったこともあった。

第4章

私の辿ってきた道

私が中学入学の年に火ぶたを切った太平洋戦争は、当時の少年たちに大きな変化をもたらした。そして、私も軍人への道を歩むことを余儀なくされる。そういう時代だった。日増しに戦雲が広がるなかで、流れで私は、海軍兵学校と陸軍士官学校の両方を受けることになる。

私は不思議と試験には強かった。「その秘訣は何か」とよく聞かれるが、ひとつには試験だからと特別に構えなかったからだと思う。兵学校の時も、また士官学校の時も普通の試験だと思って受けた。でも上位で受かっていた。数学なんかは習ったことがない問題が出たが、それもなんとなくできた。もちろん英語や国語のように暗記していなければならないのはだめだったが……。

海軍兵学校の試験は、試験会場となっていた長野師範で連日行われた。初日の数学から始まって、物理・化学、国・漢、英語と半分ずつ落とされていったが、幸い私は最後まで残っていた。そして、広島県の江田島で、面接試験と体力テストを受けることになっていた。もしも兵学校と士官学校の両方に受かったら、私は迷うことなく海軍に行くことに決めていた。当時、海軍は皆の憧《あこが》れの的だったし、兵学校に行くことは地元や家の名誉でもあったのだ。

陸軍士官学校の試験は、当時、陸軍予科士官学校があった埼玉県の朝霞《あさか》で行われた。1944年（昭和十九年）の春に学科試験を無事通過し、面接試験と体力テストがあるからというので再び朝霞に行った。夜は士官学校の宿舎で泊まった。

そして、面接のとき、面接官から「君、海軍兵学校の方も最後まで残っているようだけど、もし両方受かったらどっちに行くかね?」と聞かれた。そこで「まだ決めていません」と答えると、「朝霞に来て、士官学校で泊まってみたじゃないか」という。それで〝ここで何かいわないといけないかな〟と思い、仕方なく「士官学校に行きます」と相手に合わせた。

すると面接官は、「俺は○○大佐である。この髭をよく覚えておけ」といって、鼻の下の左右に伸びたご自慢の口髭を指で摩《さす》るのだった。〝ああ、これは受かったのかな〟と思った。すると「ところで君、軍事教練だけ、なんでこんなに点数が悪いのだ?」と聞くのである。

当時の中学校では軍事教練というのがあり、陸軍から少尉又は中尉の将校が教官として派遣されてきた。私はその配属将校に睨《にら》まれており、いつも落第点しかもらえなかった。私は将来軍人になって戦いたいなどとは思っていなかったし、体力的にも性格的にも軍人には向いてないと思っていた。どちらかといえば文学青年だったからだ。

「自分は軍事教練が嫌いなのです」と、私は正直にきっぱりと答えた。すると面接官は、顔を曇らせて「士官学校に来るのに軍事教練が嫌いじゃ困るよ、君」と強い口調でいうのだった。しばらく沈黙があった。〝しめた、これで落ちた〟と、私は内心ホッとした。

第4章

私の辿ってきた道

そしたら「士官学校に入るまでに好きになっておけ」というではないか。〝これはひょっとして自分は試験に通ってしまったのかな、大変なことになったな〟と思っていたら、案の定、受かっていた。

われわれの世代には、自分の人生を決めるにあたって、選択というものがなかった。進路などは自由には選べなかった。まさに時代の流れのままにまに生きていた。私は、海軍大将になりたいから、また海軍の軍人になりたいから海軍兵学校に行こうと思ったわけではない。家が貧乏だったから、お金がかからない「ただの学校」だから行っただけである。むしろ軍人は最も嫌いだったし、また軍人には向かないと思っていた。

だから、そんな私が兵学校に入るなんて誰も思っていなかった。ところが、当時は五体が満足であれば殆んどが兵学校か士官学校の両方かまたそのいずれかを受験していた。飯山中学からも60名ほど受験したが、意外にも私はたった一人、兵学校と士官学校の両方とも合格した。

合格発表が終わって中学校に行くと今までとは様子が一変していた。これまで私に軍事教練で悪い点数をつけ、厳しくあたっていた配属将校の態度がガラリと変わっていたのだ。とても低姿勢なのである。これは私がいずれ偉くなるからという理由からだということは容易に想像できた。私は、その態度のあまりの豹変《ひょうへん》ぶりをみて、なんだか腹が立ってきた。“世の中には、こういうくだらない人間もいるんだな”と思った。

私は頭が特に良かったというわけではない。ただ、物事を幅広く見るという訓練が小さい頃からできていた。そして、それはとても重要なことだと思う。それができた一番の理由は、なんといっても兄弟が多く、日頃から兄貴たちの本を片っ端から読んでいたからである。兄弟が多いというのはとてもいいことなのである。

私の一番上の兄貴は師範学校に行っていたから、その兄貴の読んでいた本を中学生のときにはすでに全部読んでいた。家にはあらゆる教科書があったのでそれらも全部読んでいた。そういう兄弟の多い家庭の中で育ったことは大きかった。

江田島の青春

――江田島で「リベラルアーツ」を授かった

1944年（昭和十九年）、私は、信州飯山を後にして、瀬戸内海の広島湾に浮かぶ江

第4章

私の辿ってきた道

江田島の海軍兵学校の第一生徒館（正面前景）。筆者は正面左端の1階の部屋の109分隊の自習室にいた

田島の海軍兵学校に、第七十六期生として入校した。時流にのって、何とはなしに、信州の田舎町からみんなに祝福されつつ、海軍兵学校生というまだ見ぬ自分の姿を想像しながら、夢と希望に胸をふくらませて入学したのだった。

しかしその夢も希望も入学したその日のうちにもろくも打ち砕かれた。そして、海

海軍兵学校第76期生として江田島へ

軍将校を養成するエリート教育というものの厳しさを、身をもって知ることになる。
私がこの江田島で過ごした1年余は、人生のなかで圧倒的に大きなウエイトを占めている。その後の自分の生き方も、またものの考え方もそれによって決められていった。少なくとも、戦後、社会に出てからの原動力になったことはまぎれもない事実である。私は、精一杯、青春をかけて、江田島で生き抜いた。この全力投球をした青春の1ページに悔いはない。

私は海軍兵学校に受かったものの、大きなコンプレックスがあった。体があまり強くなく、中学のときの軍事訓練も全くダメだったからである。そのうえに気も弱かった。そういったコンプレックスを抱えていたのだ。
ところが、兵学校に入ってみたら、そんなことは大した問題ではなかった。兵学校は私の体力に見合った指導をしてくれた。もちろん他の人たちに対してもそうだった。例えば、泳げない人には泳げるように指導してくれた。

体操では、跳び箱ができない私は一番下の5級というところに入れられた。この5級は鉄棒なら逆上がり程度のグループだった。ところが、1級ともなれば鉄棒では大回転、床なら手を使わない前転などが全部できるハイレベルなグループである。

しかし、できるレベルからやっていくというのが兵学校の教育方針だった。意外に思われるかもしれないが、兵学校は決してスパルタ教育などではなかった。もちろん厳しいけれど、体を使うものはあくまでもその能力に応じた分け方をしていた。その人の身体的能力に応じた教育内容だった。

兵学校での体操やカッターとよばれた手漕《こ》ぎボートの訓練は、下士官が教員となってわれわれに親切に指導してくれた。彼らは10年以上も訓練を積んできた大ベテランである。われわれの知らないことを何でも知っている。そして、兵学校では「ああいう人たちをこそ尊敬しろ」と教えられた。

彼ら下士官はわれわれ少尉候補生よりも階級では下であるため、決して命令口調は使えなかった。カッターでも「漕げ！」という命令形は使えない。だから「生徒は漕ぐ！」といっていた。また行進のときも「歩け！」ではなく、「生徒は歩く！」であった。彼らは内心はきっと悔しかったに違いない。しかし、とても親切に教えてくれた。

この下士官になるには勤務成績が優秀なばかりでなく、極めて高度な知識と技能が要求されていた。この下士官がいなければ、軍艦ひとつ動かせなかったし、大砲ひとつ撃てなかったのだ。下士官になるには、まずは水兵として入隊から約4年以上を、さらに准士官まで昇任するには、特に優秀な者でも入隊から約15年を要した。だから、彼らは筋金入りの軍人だった。

実務はすべて彼ら下士官の人たちが教えた。彼らは実に立派な人たちだった。兵学校では「彼らの信頼を勝ち取れ」といわれた。そのためには、「何よりもまず彼らを信頼せよ」、ということだった。

彼ら下士官は、実際に戦場で体験した貴重な話をしてくれたり、また近くの古鷹山《ふるたかやま》にもわれわれを率いて一緒に登ってくれた。

古鷹山は標高394メートル。大正時代に造られた巡洋艦「古鷹」の名前の由来となった山である。兵学校生徒の早足で一時間ほど登ったところにある山頂からは、波の静かな江田島湾が眼下に見下ろすことができたし、また、晴れた日には遠くに四国連山を望むこともできた。この古鷹山は、江田島の生徒たちの心身の鍛錬の場でもあった。司馬遼太郎の『坂の上の雲』にも登場するが、あの広瀬武夫中佐が在学中に100回以上も古鷹山に登ったという逸話は、われわれ江田島生徒の間で、さも英雄伝説のように語られていた。

彼ら下士官は、われわれのことをとても気づかってくれた。われわれのような子供みたいな生徒たちが、毎日毎日上級生に追い回され、殴られ、鍛えられていたからである。彼らは何でもよく分かってくれる母親みたいな存在でもあったのだ。

また、教員とは別に文官教官がいて、東大や京大や文理科大学を出てきた人たちが任官していた。その人たちが「普通学」という基礎教養を教えてくれた。大将、中将、少将といった将官たちは特に教えるということはなかったし、そもそも軍事に関してはほとんど教えられていなかった。専門の軍事に関しては兵学校卒業後に教えられるという教育システムだったからである。卒業後に、砲術の専門家、航海の専門家、航空機に乗る人、信号を打つ人、情報を扱う人にそれぞれ分かれていった。そのシステムは終戦まで変わることはなかった。

不思議なことに、戦局が一層厳しくなったからといって、早くから軍事教育にシフトすることはなかった。当然、それに対して、戦局の熾烈化に伴い即戦力の急造をという中央からの要求も出たらしい。しかし、江田島の教育方針はまったく揺らがなかった。今から思えばそれはすごいことだった。

私は江田島で「リベラルアーツ」というものを授かった。私は、この江田島のようなリベラルアーツ教育を日本の教育のなかで再び検討してもいいのではないかと思っている。それ程素晴らしいものだったのである。

兵学校ではリベラルアーツこそが大事であると、「最後の海軍大将」といわれた井上成《しげ》美《よし》校長は考えていた。井上成美は米内光政《よないみつまさ》、山本五十六らと共に日米の開戦に強硬《きょうこう》に反対した人物である。そして、井上校長は帝国海軍の軍人としてよりも、兵学校における教育者としての評価が高かった人物でもある。

海軍兵学校のリベラルアーツについては、井上校長の次の言葉が明快に語っている。

「ジェントルマンなら、戦場に行っても兵隊の上に立って戦えるということです。ジェントルマンが持っているデューティとかレスポンシィビリィティ、つまり義務感や責任感……戦いにおいて大切なのはこれですね。その上、士官としてもうひとつ大切なものは教養です。艦の操縦や大砲の射撃が上手だということも大切ですが、せんじつめれば、そういう仕事は下士官のする役割である。そういう下士官を指導するためには、教養が大切で、広い教養があるかないか、それが専門的な技術を持つ下士官と違ったところだと私は思っていました。ですから、海軍兵学校は軍人の学校ではあるが、私は高等普通学を重視しました。そして、文官の先生を努めて優遇し、大事にしたつもりです」(『井上成美』―井上成美伝記刊行会より)

かくして、江田島の教育内容は、「軍事学」よりも「普通学」の方により重点がおかれた。

事実、江田島の「普通学」は物凄い質と量だった。特に、数学的センスを重んじ、科学的な思考の鍛錬に重点がおかれていた。数学だけでも微分、積分から始まって、偏微分、関数論……。私は数学が大の得意だったのでそれには問題なくついていけた。数学以外にも、例えば物理では、量子力学やエントロピーとかの熱力学など今の大学の工学部でやっていることをすでに兵学校で教えられていたのである。

ところが、ついていけなかったのが英語だった。兵学校受験も、最後は英語で勝負が決まった。だから私は英語ができるものと思っていた。ところが兵学校に入ってみたらこの英語が全く分からないのである。英語の授業では、ディクテーション（dictation）といって読み上げられた英語の文章を書き取ることをやらされた。これがさっぱり分からないのである。なぜなら、飯山中学では、英語の先生は英語を日本語でしか発音していなかったからである。

「お前、本当に兵学校に受かったのか?」とあきれ顔で教官はいうのだ。そして、あまりのできの悪さに、皆の前でネームプレートを床に何度も放り投げるのだ。それをいちいち拾ってくることは、これまで優等生できた私にとって屈辱的であった。

でも、先生はよく分かっていたのだ。「飯山の田舎じゃ、止むを得ないな」と思っていたのだ。そうやって私を発奮させようとしたのである。しかし、逆に私は、ますます英語嫌いになってしまった。教育とは本当に難しいものである。

戦前もそうであったように、戦後においても信州は理科教育には力を入れていたが、英語教育は立ち遅れていた。少なくもコミュニケーションに適する英語ではなかった。だから、筆記試験には受かってもおよそ使いものにはならなかったのだ。お蔭で一生たたっている。

当時英語は、敵性語だとして陸軍士官学校の受験では廃止になっていたが、海軍兵学校では特に英語教育に重点がおかれていた。特徴的だったのは、海軍兵学校には英和辞典というものが一冊もなかったことである。すべて英英辞典だった。これは「英語を日本語に翻訳してから覚えようとするから覚えられないのだ」「英語はストレートに入るようにしろ、そういう訓練をしろ」というのが方針だったからである。そのため、約5千冊もの英英辞典が用意され、生徒全員に渡された。当時としては最先端の英語教育だった。

このように兵学校では、新しいことや難しいことをどんどんやらされた。お蔭で、そういうことについていける、という自信がついた。体力面でも、〝自分はダメかな〟と思っていたが、それにもなんとかついていけた。

授業時間は各々45分。あとは教室の移動時間。トイレは要領よく行かないと次の授業に間に合わなかった。

――「リズム」と「調和」と「詩」があった兵学校生活

江田島の生活は朝6時から夜10時まで。厳しい訓練と教育の連続だった。いつの間にか、食べること、眠ること、いかに休息するか、だけを考えるようになっていた。

朝は起床ラッパが鳴る。鳴り終わった瞬間に飛び起きる。鳴っている時は絶対に動いてはならない。それもひとつの合図だからちゃんと最後まで把握して、鳴り終わった瞬間に一斉に行動するのである。それはいざというときに判断を間違えたら、戦場では大変なことになるからである。すべてを最後まで確認してから行動に移るのである。

朝起きた瞬間に、毛布や寝間着をたたみ、靴下を履き、革靴を履き……。それらをすべて1分30秒で行うのである。初めのうちは10分くらいかかっていたが、10日間くらい訓練すると1分30秒でできるようになった。

それら日常的なことはすべて3年生（1号生徒）が指導した。分隊構成は、配属分隊毎に1年生から3年生まで同じ部屋に住んでいた。学科や昼間の教育だけは違っていたが、あとの訓練はみな一緒で3年生が指導していた。それには教官は全く関与しなかった。「対番」と呼ばれる先輩がいて、マンツーマンで後輩を指導した。

教官は決して叱ったり、殴ったりはしなかった。先輩が後輩を殴ることは、一応禁止されてはいたが、事実上は黙認されていた。しかし、それは規則を守らないからとか、日常生活でダラダラしているとかの躾教育として殴るのであり、私的制裁や体罰の類いは一切なかった。

そして、「対番」の先輩は、むしろ他の先輩からかばってくれた。他の先輩に殴られそうになると、「対番」はわれわれを守ってくれたし、後で一緒にその先輩のところに謝りに行ってもくれた。こうして、人の上に立つとはどういうことかということを、先輩たちにしっかりと教え込まれたのである。しかし、勉強ができないからとか、体操ができないからとか、泳げないからといって、先輩に殴られることは皆無であった。

入校してきたときに娑婆《しゃば》っ気《け》を抜くという行事があった。入校式が終わって各分隊に配属され、自己申告をする行事だ。出身県、中学校名と姓名を申告するが、声が小さいと怒鳴られ、やり直しをさせられ、突き飛ばされる。そこで厳しさの洗礼を浴びるのだ。その後、格好いい軍服が与えられ、歩き方も格好よく見せるための訓練がある。事実、海軍兵学校の生徒は本当に格好が良かった。敬礼の仕方も陸軍とは違って肘は上げない。これは潜水艦の中が狭いためであるが、これもまた格好良かった。外出先では軍服と白の手袋の着用が義務づけられた。また、荷物は手に持ってはならないとされた。

当時、海軍兵学校の生徒たちは女の子によくモテていた。〝こんなに女の子にモテるのだから男は喜んで戦場にいくのだろう〟と思ったものだった。

兵学校には「5分前ルール」というのがあった。食事や授業の5分前にはその場所に行っているのが決まりだったのだ。その間に、校内のスピーカーから毎日違ったモールス信号が流れてくる。これも訓練のひとつだった。モールス信号は音楽と一緒で音感がよくないとなかなかうまく聞き取れない。どこで区切っていいか分からないのだ。私は、音感があまり良くなかったが、訓練を積むことでなんとか1分間に40字までは聞き取れるようにまでなった。しかし、それ以上になると、途端に頭の中が混乱し始めたものだった。また、そういったことに向いている人はちゃんといた。

校庭では、芝生と30センチの間隔をあけて歩くことに決められていた。それを破ったら「ルール違反」となり、3年生に殴られる。また敷居を踏んだり、芝生を飛び越えたりするとまた殴られる。

3年生はよく殴った。これはビンタといって素手で相手の顔を殴るのである。殴る部位は親指のふくらみの拇指球の辺りと決まっていた。殴る3年生の方も大変だった。大勢の1年生を殴るものだから手がパンパンに腫れあがってしまうのだ。

殴られる生徒はほぼ決まっていた。どちらかといえば、生意気そうで目立つ生徒がよく殴られていた。私のように小さくて、目立たず、そんなに生意気そうでもなく、どちらかといえば純情そうなタイプはあまり殴られなかった。そういう点で飯山の片田舎で地味に育ったことは得をしたのかもしれない。

こんなふうに、日常絶え間なく訓練と躾教育が続けられた。

食事は、朝は英国パン、昼は主にカレーライスが出た。この通称「海軍カレー」は今の日本の家庭のカレーライスのルーツとなったものだ。飯山に生まれ育った私にとって、生まれて初めて食べたこのカレーライスの味は忘れられない。そして、夜はしっかりとしたものが出て、ナイフとフォークを使って正式に食べた。この食べ方も厳しくチェックされた。食事のマナーは特にうるさかった。

金曜日は羊羹、土曜日にはおしるこが出された。兵学校生徒は、いっぱい勉強するから甘いものが必要だということである。私は甘いものには目が無かったので、その日が来るのが待ち遠しかった。

食事はいつも水兵がテーブルの上においてくれた。われわれは将校だからという理由で、炊事などは絶対にやらせなかった。そういうことはすべて水兵がやってくれた。「自分のご飯を自分でよそうことなどは卑しいことだ」といわれていた。今から思えば、大変な待遇だった。食事を運ぶこともなければ、食べ終わった食器を洗うこともなかった。われわれはただ食べるだけでよかった。武官教官である大佐の「就け」という合図でみな一斉に食べ始め、そして「開け」という合図で一斉に食べ終わった。

食事が終わると、そこからまた一斉に飛び出していった。白亜の第一生徒館は、一階が自習室で、二階が寝室だった。夕食後は、まず二階に上がって寝室を確認してから、一階の自習室に行くのが常だった。寝室には、毎朝起床時にたたんだ6枚の各自の毛布がおいてある。ところが、それがきちんと揃ってないと、昼間の間に3年生によってそれが全部ひっくり返されていたからだ。それも自分のたたんだ毛布が、隣りともきちんと揃ってないと「美観を損なうから」という理由でひっくり返された。それが心配だったので、食後に寝室に飛んで行った。

二階へは階段を2段跳びで駆け上がることになっていた。その上がり方が少しでも元気なさそうに見えると、3年生から容赦なくやり直しをさせられる。またいったん一階に降りてから二階に駆け上がらせるのだ。寝室に行ってみると案の定ひっくり返されていた。それを全部たたみ直してから、自習室へと急ぐ。すると、今度は履いている靴にほこりがついているからといって、「磨いて来い」といわれる。急いで靴を磨いていると、「もう5分前なのになんで靴なんか磨いているのか」といって、また2、3発殴られるのだった。毎日がこんな調子であった。そして、くたくたに疲れた。

兵学校の上級生による躾教育は、矛盾していることが多かった。理不尽なことがむしろ当たり前だったといっていい。こうした厳しい躾教育を通して、「どこかひとつ間違えたらその後どんどんずれていくのだ」ということを、身をもって教えられたのだ。兵学校の生活には「リズム」があり、「調和」があり、そして「詩」があった。

軍艦旗といって日本海軍の船舶であることを表章する旭日旗《きょくじつき》というのがあった。行事のときには全員校庭に整列し、その軍艦旗を掲揚して、隊列を組んで教室に入っていくのである。

午後には体を動かす訓練があった。それはカッターの訓練だったり、剣道や柔道の時間だったりであった。私は飯山中学のときは剣道2段の腕前であった。当時、飯山中学の剣道は強かったのである。ところが、兵学校に入ると「お前は2段の資格はない」といって1級に落とされた。兵学校での2段のレベルは相当に高かったということである。

6時から9時半までは自由時間だった。自由時間は主に予習・復習などに充てるが、私は毎日日記を克明につけたり、故郷に手紙も書いた。それはとても楽しい時間だった。兵学校では、手紙も候文以外では書かせなかった。候文以外で書いた手紙は突っ返されたものだった。

兵学校は分隊毎に分かれていた。分隊の人数は各学年15人前後で、1年生から3年生まで合わせると50人くらいになった。私の配属分隊にあてられた教室には、あの広瀬中佐の名前が記された名簿があった。偶然とはいえ誇りに感じたものだった。広瀬中佐は、日露戦争のとき旅順港閉塞作戦の際に部下を救おうとして戦死し、その後、軍神として神格化された人物である。参考館にはその額が飾ってあった。また、訓練中に沈んでいく潜水艦の中で、事故に至る詳細な経過を書き残した遺書で名高い佐久間艇長などの額もあった。

兵学校の生徒数は、74期は千人だったが、75期や私がいた76期は、それまでの機関学校や経理学校を分校にし、また急を告げた戦局を反映して増員されたこともあり、一気に三千人を越える数になった。江田島はそのうちの8割で、残りは岩国、舞鶴、大原に配属された。そして77期が最後となった。戦地に行ったのは73期までで、74期は戦場には行かなかった。最後となった74期の卒業式にはわれわれも参列した。高松宮様が天皇陛下のご名代としてお成りになり、成績優秀者に「恩賜の短剣」を手渡していたのを覚えている。

――〝ノブレス・オブリージュ〟を地でいった

ノブレス・オブリージュ（noblesse oblige）というフランス語がある。直訳すると「高貴な身分には義務を伴う」になるが、「位高ければ徳高きを要す」というのが日本語の意である。ヨーロッパ社会では、貴族など高い身分の者にはそれに相応しい重い責任と義務を伴うものとされた。海軍兵学校はこれを地でいっていた。

この英国式の騎士道精神を、そして「人の上に立つのはいかに大変か」ということを叩き込まれた。兵学校の教育理念は、まず兵隊をつくることよりも、まず

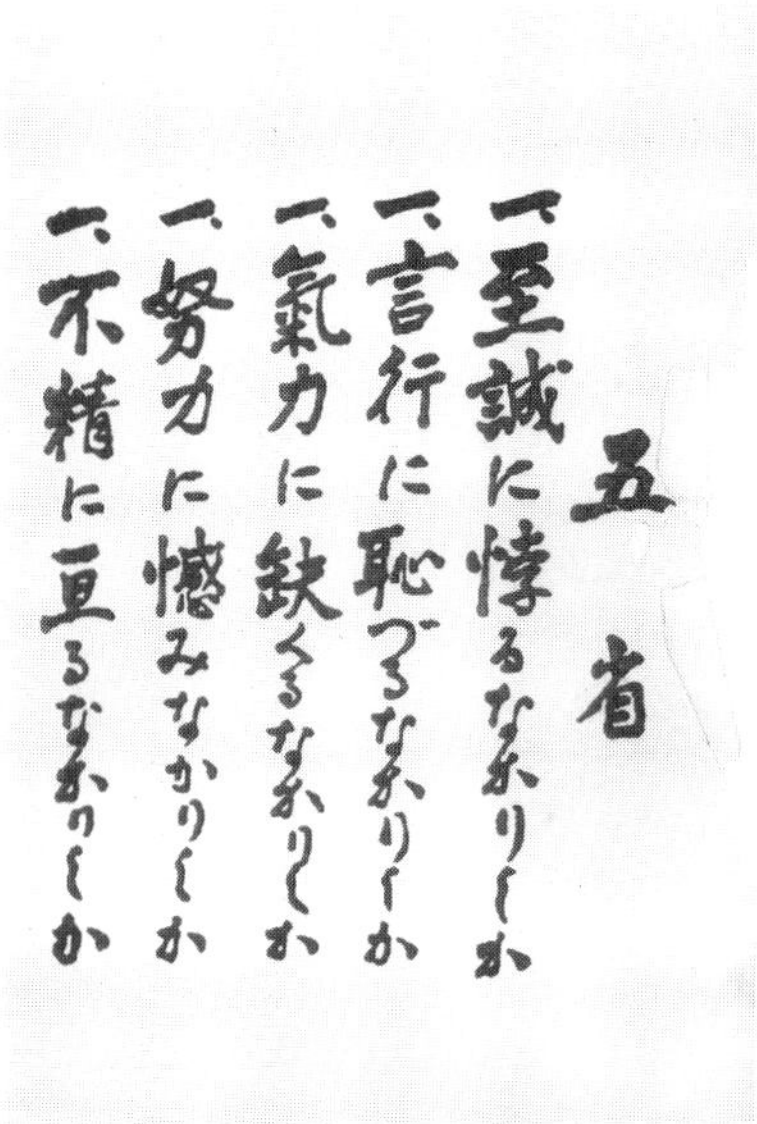
五省
一、至誠に悖るなかりしか
一、言行に恥づるなかりしか
一、氣力に缺くるなかりしか
一、努力に憾みなかりしか
一、不精に亘るなかりしか
海軍流・ノブレス・オブリージュの「こころ」である「五省」。毎日就寝前にこれを唱えた

ジェントルマンをつくることにあった。「ノブレス・オブリージュの気構えをもて」。そして、「親のために尽くせ、人のために尽くせ」ということだった。そのために、日本中から生徒を選抜し、それだけの優遇をしてくれたのだ。

就寝前の10時半になると、自習室で2年生の一人が「五省《せい》」を唱えることになっていた。「五省」とは次のものである。

一．至誠に悖《もと》るなかりしか（真心に反する点はなかったか）
一．言行に恥《は》づるなかりしか（言葉と行いに恥ずかしいところはなかったか）
一．氣力に缺《か》くるなかりしか（精神力は十分であったか）
一．努力に憾《うら》むなかりしか（十分に努力したか）
一．不精に亘《わた》るなかりしか（清潔にしていたか）

この「五省」は、海軍流の〝ノブレス・オブリージュ〟の精神であった。そこには英国の騎士道精神だけでなく、日本の武士道精神が、「日本の心」が、その根底にあった。なかでも五つ目の「不精に亘るなかりしか」は特に厳しかった。

皆は正座したまま、目をつむり、それを黙って聴いている。「五省」を聴きながら一日の反省をするのである。それはあくまでも自己の反省であり、決して教官や上級生から強制されるものではなかった。しかし、いざ集中となるとこれがまたなかなか難しいのである。本当に反省したかというと必ずしもそうではない。実際は、〝やっと一日が終わった、これで寝れるぞ〟とか、その日に食べたご飯のことや上級生に殴られて落ち込んだことなどを考えてしまうのだ。だから、反省というところまではなかなかいかなかった。

――兵学校では「自律の精神」を重んじた

兵学校では特に「自律の精神」を重んじた。「士官たるものは、何を、いかに、いつ、どこで、どうすべきかを、自分で考えて決定せねばならない」として、自分の決めた法則にのみ従うということを求めた。「自らを律することのできる人間になれ」、「他人からいわれなければできないのではだめだ」ということなのだ。

海軍では命令違反は一切許されない。命令違反をやっていたら戦争なんかできっこないからだ。だから、海軍では、人の上に立つためのリーダー教育である「リベラルアーツ」や「躾教育」をきちんとやる必要があった。「いざという時に力を発揮する」ということが指揮者として一番大事なことである。「人のために働く。何か不都合が起きたら、自らが全責任を負え」と教え込まれた。

そして、兵学校特有のあの規則正しい厳格な生活の中で行うからこそ、自然とリベラルアーツの精神が身についていったのだと思う。

――物事を総合的に判断する力を養った

私が江田島で学んだなかで、何が一番大事かというと、物事を総合的に判断する力であった。いろいろな角度からどういうふうに考えて、どういうふうに決断し、そして、どういうふうにそれを実行に移すか、ということだ。物事をトータルにとらえることができる基本的な人間をつくらなければ人の上になど立てない、ということだった。

下の者に信頼されるかどうかは、「あの人の判断に従ってついて行ったら自分の専門は100パーセント生きる」と思わせるかどうかにかかっている。「そういう判断ができないのなら人の上になど立つな」、「専門家を押さえつけて生かせないようなら、人の上に立ってはダメだ」ということだ。つまり、「専門家を神様と思え。部下を神様と思え」と兵学校で教えられたのだ。

つまり、将校が銃の撃ち方や電信の打ち方などをすべてこなす必要はなく、その専門の下士官に的確な指示を出すための「総合的判断力」を身につけることが仕事なのである。

「将校は専門技術者であってはならない。従って、自分の方が専門家であり、下士官より上だと思った瞬間にダメになる」と、教えられた。例えば、どのタイミングに「引き金を引け」と命じればいいかを総合的に判断することが将校の仕事なのだ。これは「リベラルアーツ」をもとにした該博《がいはく》な知識の中から出てくるものだ。

どんな優秀な部隊でも、兵隊がばらばらになったら力を発揮することはできない。そうした部隊を率いるだけの技量を発揮するためには、幅広い教養を身につけなければならず、それはまた一朝一夕にできるものでもない。

私みたいな本来エリートでもなんでもない人間が、エリートなるものを目指すというのだから、他の人の何倍も努力をしなければならなかった。


今の経営者もあの当時の海軍兵学校教育のようなものを受けたほうがいいと思うことがある。自らを律し、人の上に立って、総合的に判断してやれるようになれるからだ。遊ぶことばかりやっていたら部下はついてこない。自分たちのためにやってくれているということを部下に感じさせないとダメなのだ。そのためには部下を信じるということである。

自分が部下から信じてもらうためには、まずは自分から部下を信じないといけない。人の上に立つ人は、その人の判断力が的確であれば人はついてくるものである。だから、そういう能力は自分にはないと思ったら上に立ってはいけない。そして、それは知識では教えられない。日常のなかで会得していくしかないのである。

こういうことがあった。

入校した当初、上級生たちに小突き回されていたためにくたくたになっていた。トイレに行ったときだった。他の人が先に入っていたので、私は後ろで手を組んで出てくるのを待っていた。そこに上級生が入ってきてとがめられた。

「その態度は疲れているからだろう」と上級生はいうのだ。事実そうだった。さらに、「誰もが疲れている。しかし、人の上に立つ者は、どんなに疲れていても、それを態度に見せてはならない」というのだ。そして、ぽかぽかとビンタを2、3発食らった。

けれども、「そんなことでお前は人の上になど立てるか」ということで叱るわけだから、どんなに叱られても不思議と屈辱感はなかった。厳しい躾教育でも受け止め方しだいなのだ。「上級生から叱られた、殴られた」と思ったらダメなのである。

このように、私は江田島で「人の上に立つとはどういうことか」というリーダーたる者の心得を徹底的に仕込まれた。兵学校では戦争の仕方とか大砲の撃ち方とかは一切教えてくれなかった。だから、大砲を撃ったことなど一度もなく、軍艦も乗ったことはあるが動かしたこともない。それは兵学校を卒業してから習うものだったのである。

このように、海軍兵学校は、下士官のような専門家に全幅の信頼をおき、その人たちの上に立てと諭すような教育内容だった。そして、ここで「人事の妙」というものを学んだ。海軍教育は日本的な「利他」の精神が色濃く影響していた。他人に甘えることなく、慎み、謙虚、控えめを徳目とする海軍軍人たる者の自律の精神を学んだ。そして、江田島での海軍の教育方針は、敗戦が極めて濃厚になった終戦間際まで何ひとつ変わることなく続けられたのだ。

私は、兵学校には通常よりも早く、2年飛び級で中学4年生になる16歳のときに入った。そういう人は全体で30人くらいはいた。16歳から19歳までの3年間で、私は海軍少尉となるはずであった。その後は、1年毎に階級が上がっていくので、このままいけば、21歳ぐらいには大尉となり、その頃には、小さな駆逐艦《くちくかん》の艦長になって、戦地に赴《おもむ》くはずだった。

〝国破れて山河あり〟

——〝一体、俺はこれからどうなるのか？〟

　昭和二十年八月六日、蒸し暑い夏の月曜日だった。8時15分、一時限目の授業が終わり私は校庭に出た。その瞬間、強烈な閃光《せんこう》が目に飛び込んできた。教室棟の屋根越しに、内側がぎらぎらとピンク状に輝く、綿菓子のような丸い雲がぽっかりと浮かび、それがみるみる大きくなっていった。とたんに地面が揺れ、窓が音を立て、旋風《せんぷう》が襲ってきた。緊急避難のラッパが鳴り、近くの避難壕《ごう》に飛び込んだ。

　やがて爆風は遠ざかり、あたりは静まり返った。空を見上げるとキノコ雲が巨大になっていた。私は教室に戻り、授業に入った。気はそぞろである。窓ガラス越しに広島の上空を見ていると、真っ黒い雲がすでに全天を覆っていた。私は恐ろしくなった。しばらくするとポツリポツリと黒い雨が落ちてきた。そのとき教室にいたため、幸いにもこの黒い雨を浴びずにすんだ。広島に「新型熱線爆弾」というものが投下され、広島市の大部分が炎上したとの説明があったのは、その日の夕刻だった。

　八月十五日正午、昭和天皇による終戦を知らせる玉音放送があった。いきなりの終戦である。これで私の海軍生活も終了を余儀なくされた。これで軍隊から解放されて、飯山に帰れるかと思うと、正直ホッとした気持ちがあった。しかしその一方で、滂沱《ぼうだ》としてとめどもなく涙が溢れ出た。あの感情は一体何だったのだろう。今でもわからない。

われわれは、機密文書や重要書類を焼くようにという緊急通達を受け、すぐさま校庭で文書を焼いた。今から思えばとても残念なことだが、兵学校生活を克明につづった日記帳までも燃やしてしまった。

そして、八月二十日、帰郷命令が出た。〝一体、俺はこれからどうなるのか？〟

私は長野出身組としてまとまって列車に乗って帰ることになった。「一番電車が走った日」というアニメで知られている宇品《うじな》港―広島駅間を結ぶチンチン電車にぶらさがった。爆心地に近づくほど、爪痕が凄まじい。一面の焼け野原だ。そろそろ原爆症も発生しかかっていた頃である。火傷に巻かれた白い包帯や路傍にうずくまっている姿が、実に痛ま

終戦当時の海軍制服写真。目立つからという理由で一時国防色（帯青茶褐色）に染めたが、その後脱色した

しかった。

広島駅に着くと、そこにはただ駅のプラットホームだけが残されて、折れた水道管からは水が噴き上げていた。そしてレールウェイが2本光っていた。それは永遠にどこまでも続いているかに見えた。

無蓋車《むがいしゃ》の列車がホームに入ってくる。「それに乗れ」という指示に従い、荷物を放り上げて石炭の上に腰を下ろした。広島駅からやがて列車は岡山駅近くで停車する。われわれは一斉に列車から飛び降りて、田んぼを走り抜けて、近くの民家で便所を借り、水を飲み、また列車に飛び乗った。再び列車は動き出す。緊張感から解き放たれたのか、それから私は石炭の上で眠ってしまった。これまでのことが走馬灯のように次々と夢に現れては消えた。どれくらいの時間が経ったであろうか。ようやく名古屋駅に着いた。われわれは無蓋車を降り、中央線に乗り換えた。そこでやっと客室に席を得た。

列車は定刻通りに長野駅に着いた。そこで私は、兵学校の規則に従い、白の詰襟《つめえり》に肩章の夏の正装に着替え、白手袋をはめた。ローカル線の長野電鉄に乗り換え、ようやく飯山の安田駅に着いた。私は、やはり兵学校の規則通りに行李《こうり》を駅に預けてから、両親の待つ家へと向かった。1年余ぶりの帰郷であった。

築後百年くらいはたっている住み慣れた家。家のすみずみに長い歴史が刻み込まれて風雪に耐えて来た姿を誇示していた。私はこの生家が好きだった。いつくしんでくれた肉親に今再び生きて会えるという喜びが胸にこみ上げてきた。

「ただいま」の声とともに、今まで何千回何万回となく踏んだであろう家の敷居を再びまたいだ。しかし、家からは何の返答もなかった。静まり返っている。庭の蟬の声が聞こえてくるばかりだった。

家の中に入ると、以前と変わらず中は真っ暗であった。天井からつるされた裸電球もそのままだ。どんな顔をして迎えてくれるだろうかと夢にまで見た母の姿を想像しつつ、ドキドキしながらいつも針仕事をしていた部屋をそっと覗《のぞ》いてみた。しかし、そこには母の姿はなかった。ただ何十年となく同じように時を刻んでいる古時計の音だけが部屋の中にあふれていた。

私は小走りに母の顔を求めて裏の畑へと急いだ。畑には以前より少しは成長したと思われる数本のリンゴの木が同じ所にあって、青い葉の間から一つひとつのリンゴを丁寧に包んだ新聞紙の袋が覗いていた。そして、そのまわりにはトウモロコシが、背高く伸び、そのてっぺんには白い穂をつけ、一本一本の節には赤褐色をした雄しべが柔らかな夏風に揺らいでいた。

そのトウモロコシ畑の間に、母の着物らしいものが動いているのが見えた。

「お母さん、ただいま帰りました」

私は自然と軍隊調で呼びかけていた。

するとトウモロコシの葉越しにいつもと変わらない母の顔が怪訝《けげん》そうにのぞいた。

「まあー」と、声を上げた母の顔は驚きとも喜びともつかないなかば放心した表情であった。しばらくは無言のうちに立ちすくんでいた。そして、やっと動いた母の口から、

「生きていたの？」という言葉にならない声が低く漏れた。

「うん、どうして？」という私の問いに、母の放心していた顔は、次第に湧き上がってくる喜びの感情を包みきれなくなっていた。ついに温和にほころびはじめ、いつものあの優しい母の顔に戻っていた。

「広島に原子爆弾とかいうすごいのが落ちてきて、みんな死んでしまったというから、お前も死んだのではないかと気が気でなかったの……まあ、無事で……」

あとはもうどうにも言葉にはならなかった。畑の中から飛び出してきた。母は私の手をとって、「すっかり立派になって……さあ、早くお父さんに知らせなくちゃ……」といったきり、そのままどこかに飛んで行ってしまった。しばらく会わない間に心なしか母の後ろ姿はやつれて見えた。いつまでたっても母は戻って来なかった。

私は、母を残して、信濃川ぞいに長くのびた丘陵の中腹にある先祖の墓へとひとり向かった。墓石のすぐ脇には、真新しい赤土が丸く盛り上げられてあった。その上にはすでに白木の柱となった兄の姿があった。上から2番目の兄である。私が江田島に向かう朝、家族みんなで私を見送ってくれたが、この兄だけがうつむいていたのが脳裏から離れな

かった。その兄が訓練中に谷に転落して死んだことを、江田島で担当教官から知らされていた。真新しい塔婆《とうば》には、「昭和二十年三月十三日没、享年21歳」とあった。兄の青春は終わっていた。

〝国破れて山河ありか〟と思わず慨嘆《がいたん》した。中学校で習った唐の詩人杜甫《とほ》の詩の一節が口をついて出てきた。今この変わらない飯山の自然の姿を眺めている私は、明日の運命を知らなかった。ただ行き場所がなく帰ってきたのだ。明日の日本はどのように変わるのか、私はこれからどうすればいいのか……、今生きているのが不思議なくらいであった。

しかし、私の思いなどにはかまわずに、川は流れ、緑は茂り、雲は夏の模様を描いていた。いつもと変わらない飯山の自然の姿が、今の私を一層哀れにしていた。

〝国破れて山河あり〟私は再び呟《つぶや》いた。

目を右に向けると、寺の脇から山道を足早に上ってくる懐かしい父の姿があった。

農業指導者への道を志すが……

――恩師・小出満二先生との出会い

1945年（昭和二十年）、海軍軍人への道はなくなり、私は飯山に帰っていた。そして私は、自分を育ててくれた飯山の自然の中に身を置いていた。われわれ兵学校出身者や士官学校出身者には、理不尽にもGHQから「一割制限」というものが科せられ、大学進学が一割に限定された。しばらくは虚脱状態の日々が続いた。飯山の自然だけが私を優しく癒してくれた。私は17歳になっていた。

当時は食糧問題が大変に深刻であった。信州でもそうだった。そこに十月の阿久根《あくね》台風が追い打ちをかけた。台風の影響による千曲川大洪水で多数の死者を出した。ただでさえ食糧難であったうえに、その大洪水で畑が全部やられてしまい、野菜も腐ってしまった。農家でさえも食えなくなったのである。でも、少ない食料を、お互い分け合ってみんなかろうじて生きていた。

私は、これからの日本は、農業立国をして新しい国をつくらねばならないと思った。そして、中学校の担任だった先生に相談すると、茨城県の鯉渕村に新しくできた高等農事講習所のことを教えてくれた。そこは授業料や寮費が無料なうえに食事がつくというのだ。さっそく私は、農業指導者になるべく茨城県へと向かった。

ちょうどその頃、ある知人から、「お金を出してやるから官大に行かないか」という連絡を受け取っていた。しかし私は、〝人様の世話になるくらいなら、お金のかからない高等農事講習所へ行こう〟と思った。迷いはなかった。そして、そこにまたひとつの運命が待っていた。

この高等農事講習所に入るには大変な競争率だったが、なんとか合格できた。しかし、いざ入所してみると、そこは想像していたのと大違いで、大変なところであった。毎朝4時から夕暮れまで一日中の開墾作業が待っていたのだ。炎天下での田や畑の草取り、豚の飼育、堆肥づくりといった実践教育の場であった。手には血豆ができ、農を業とすることの厳しさをいやというほど思い知らされたのだ。そして、それが毎日続くのだ。「どうして田の草取りなどをしなければならないかということをまずは悟れ」というのが講習所の方針だった。それはある種、宗教的ですらあった。農家の生まれでなかった私にとって、それは兵学校よりもきつかった。

その頃、日本では宮本一派の左翼思想が台頭してきていた。そんな空気が漂い始めていた頃であった。また自由主義とか民主主義というものが浸透し始めていた頃でもあった。自由の有り難さは、戦争というものを経験しないとなかなか分からないものである。

そうした社会の風潮からか、私は、講習所での教育のあり方そのものに疑問を感じ、「ここの方針は封建的で閉鎖的だ。こんなことをするためにここに入ったのではない」といって、自分たちに都合のいい自由主義や民主主義の論理をふりかざした建白書なるものをつくり、それを講習所初代所長の小出満二先生に提出した。講習所の民主化運動の第一号だった。そして私は、同志たちの先頭に立ってストライキを決行したのだ。

そして、1カ月ほどが経ったちょうどその頃だった。私は所長の小出先生に呼び出された。

何かと思ったら、先生は私に自由というものの神髄を語り始めたのだ。

「自由主義とは何よりも努力をしないと保てないものです。君たちがもし自由になりたくて、また自分の主体性を確立したいのなら、どうして他人の自由を縛り、他人の主体性を奪ったりするのですか。自分だけが自由になって他人が自由でない状態というのは、どんなことがあってもだめなのです。自由で何が一番大事かというと、それは人を許すということです。そういう寛容の精神が基本になければだめです。人を許すことができない人は、自由などを語る資格はないのです」と懇々《こんこん》と説くのだった。

私は夏休みで飯山に帰り、故郷の自然のなかで小出先生のいわれたことをひとりでじっくりと考えてみた。そして、再び講習所に戻って、先生に「私が間違っていました。もうストライキは止めることに決めました」と伝えた。すると先生は、「分かればそれで結構です」というだけだった。処分は一切なかった。私は、退校処分は当然だと覚悟していただけに、先生のその対応にあっけにとられてしまった。先生はまさに寛容の精神を地でいく人だったのだ。その後先生は、私のことをとても気に入ってくれて、かわいがってくれた。

第4章

私の辿ってきた道

小出先生は、「国民の幸せは、食足りて礼節を知るものである。そのためには、農村部がきちんとしていなきゃいけない。そこに住む人たちの心の平和が保てなければいけない」という考えから、当時としては新しい言葉であった「ヒューマニティ」という言葉を初めて使った筋金入りの自由主義者だった。そのため、戦時中は軍に睨まれ不遇だったが、戦後になって請われて高等農事講習所に所長としてやってきた。また小出先生は、キリスト教思想家の内村鑑三（1861〜1930）とも厚い親交があり、農業立国で成功をおさめたデンマーク国をあつかった「興国の樅《もみ》」という話もしてくれた。そして、小出先生は、「人を許さないような思想はどんなにいいものであってもだめです。左右両極の思想は人を許さないのです」というのである。私は「左」に走らずにすんだ。

私にとってこの時期に小出先生に出会えたことは幸運だった。先生は、幅広い学識と深い見識を備えた優れた教育者であった。私が、「人を叱らない、人を責めない、人を許す」と決めたのもこの先生の影響からだ。小出先生の教えは、その後の私の考え方の基盤になった。生涯忘れることのできない恩師である。

私が人生のなかで最も大事にしていることは、人と人との出会いであり、触れ合いである。人間は、人と人とのかかわり合いがあってこそ、はじめてその生を永らえることができる。人と人とのかかわり合いが、運命といったものを形成する。自分が人からされたくないことは、人にしてはだめである。自分だけはやりたい放題やって、人がやることは許さないというようなことはだめなのだ。なぜなら、自由主義というものはそういうものだから。

　人間がそれぞれ自由であることは大事だが、自分が自由であるためには、他人も自由でなければならない。自分だけ自由で他人は不自由であっていいという理屈は通用しない。他人の自由をも尊ぶことは非常に大事なことなのだ。自分が否定されたからといって、相手を否定しない、相手を許していく、その寛容の精神が自由主義の根幹をなすものである。

　そして、これらのことを、私は小出先生から学んだ。

　講習所の仲間には、海軍兵学校出身者が10名ほどいた。それより多く陸軍士官学校出身者の人たちもいた。軍関係の挫折者以外の大多数は、地方の中学校を卒業した優秀な人々だった。全部で１２０名ほどだった。そこで教える先生方も、皆一流の学者で農業の実践者だった。一時期そこにいたということは、私の人生において大きなウエイトを占めている。私はそこではじめて自分でものを考えるということが身につき、読書することを覚えた。

　先生方の中には、東大から来た農業経済学の倉田純先生もいた。その当時、農業は日本の産業の花形だった。１９４７年（昭和二十二年）にＧＨＱの指揮の下に行われた農地改革についてこんなやりとりがあった。

「地主とは反封建的な存在における階級である。その地主たちを、資本社会における資本家は邪魔だとみている。だから、その地主たちを潰して、資本家が労働者を直接支配できるようにするために、農地改革を行うのだ」と、倉田先生はいうのだ。〃そんな馬鹿なことあるか。あまりに論理が飛躍し過ぎている〃と思った私は、先生に噛みついた。ところが、その先生は私の意見など頑として受けつけなかった。当時の経済学者は、誰が最もマルクス理論に近いかをお互いに競い合っていた。そのことを私は不思議に思った。

1948年（昭和二十三年）の夏休みに、大船で一カ月余り、陸軍被服廠《しょう》の焼け跡整理のアルバイトをやった。その報酬として約千円のお金を得た。すぐさま神田の本屋街に飛んで、新刊の高畠素之《たかばたけもとゆき》訳のマルクスの『資本論』全八巻と、その他の若干の経済学の本を買い込んできて、それらをむさぼるように読んだ。以前にも経済学の本は、兄貴の書棚から取り出して読んではいたが、改めてその論旨の明快さに感動を覚え、経済学の奥深さに畏敬の念を抱いた。しかし、小出先生から自由というものの本質を学んでいた私は、その独断的な押しつけ教義には矛盾を感じた。しかし、この時独学で学んだ経済学の知識が、やがて公務員試験に大きく役立つとは知るよしもなかった。

ある時、たまたま図書館で新聞を見ていたら、昭和二十四年一月十六日に第1回目の国家公務員試験があるという公示が出ていた。そこには「20歳から受けられる」とあった。

レベルは大学卒業程度で、従来の高等文官試験に代る試験とあった。ちょうど20歳になっていた私は、力試しにと思ってそれを受けてみることにした。

まだ薄暗く寒い上野駅のホームに首をすくめて降り立った。準備のために帰っていた飯山から雪の中をかき分けて駅まで行き、夜行列車に夜通し乗り、出てきたのだ。当時はまだ8時間もかかった。車中ではよく眠り、軽井沢や高崎は夢の中だった。私は、そのまま試験会場の神田の中央大学に向かった。もちろん受かるなんて夢にも思っていない。〝絶対に受かりっこないけど、どんな問題が出るか見てくるだけでいいや〟くらいに思って受けた。そして、再び飯山に戻った。

その頃私は、第1回農業改良普及員の国家試験にも受かっていた。しかし、どう考えても農業にはあまり向いていないことだけは分かっていた。〝そろそろ自分の進路をちゃんと決めなければいけないいな〟と思っていたところに通知がきた。合格通知だった。しかも上位の成績だった。それからすぐに、人事院から「採用したい」という知らせが届いた。私は、〝採ってくれるならこんなにありがたいことはない〟と思い、そのままOKを出した。もう少し待っていたら希望を出していた他の省からも採用通知がきたかもしれないが、私は最初にきたところに決めた。

そして、私は高等農事講習所の卒業式を済ませ、同年四月に日光へと向かった。かくして国家公務員試験合格者の第1回研修生になったのである。

「もしも役人にならなかったらどうなっていたか」と聞かれたりするが、当時もそうであったように、今でもそういうことは考えたこともない。ただ私は運命のままにいただけである。

私がここまでこれたのは、幸運以外の何物でもない。今振り返ってみると、時代の流れのままにうまく乗ってこれた、そんな気がするのだ。私は、そのときになさねばならぬことをただやってきただけである。私の人生はまさに、谷間に張ったロープの上を綱渡りしてきた、または塀の上を辛うじて歩いてきた、といった形容が似合っているかもしれない。

役人としての初仕事
——GHQに年末年始の休暇を認めさせた

私に与えられた初仕事は、人事院で新国家公務員法に基づく施行規則などの整備を通じて、戦後行政の立て直しをすることだった。まずは第一線で占領軍との対応から始まった。ところが、意外にも、占領軍はとても寛容だったのだ。「お前たち、俺たちのいうことを聞け」などとは一切いわなかった。

あるとき、私がGHQの本部内に入っていったとき、ダグラス・マッカーサー連合国軍

人事院時代。国会議事堂を臨む人事院ビル屋上にて。1955年（昭和30年）5月6日

最高司令官がＧＨＱ本館の玄関からちょうど出てくるところだった。彼はとても背が高く、威風堂々としていて威圧感があった。驚いたことに、彼はまったくの無防備であった。不思議といえば不思議なことである。それだけ見事に日本全体の秩序が保たれていたということなのであろう。ＧＨＱ本部への出入りもさほど厳重でなく、そこで何か事件が起きたとか、誰かがピストルを撃ったとかいうことは一切起こらなかった。

私の占領軍側の折衝相手は、ピーターソンという青年だった。彼が「ラッキーストライク」というセロハンで包《くる》んだ赤い玉模様のパッケージの高級煙草を、ポケットからさっと取り出して吸う姿を見た。〝こういうのを吸っているんじゃ、日本は戦争に敗けるな〟と、そのとき そう思った。

また当時、私が勤務する内務省ビルは薪《まき》や石炭をくべるダルマストーブだったが、GHQ本部はスチームが新しく全部に設置されていて、みんなワイシャツ姿で働いていた。文明の違いをまざまざと思い知らされた。

私は、あるとき年末年始（十二月二十九日〜三十一日、一月一日〜三日）の休暇を人事院規則でしっかりと決めさせようとGHQに交渉に出向いた。これまでも年末年始の休暇は通例だったが、特に法律はなかったので、それを今のうちにきちっとさせておかなければと思ったのだ。

すると、ピーターソンは「それはとんでもない。その必要はない」ときっぱりと拒否したのである。理由はこうだ。「年末の忙しいときに公務員たる者、また銀行が休むとは何事か。一月一日が休みなのは、ここは神道の国だから分かる。これだけは休日でいいが、あとはダメだ。認めない」というのである。いきなりデッドロックに乗り上げた。

〝どうしたものか。このままでは年末年始は休みではなくなってしまう〟〝それにしても癪だ、なにかやり込める方法はないか〟と、私は思案した。〝でもよく考えてみたら、なんでこれまで俺たち休んでいたんだろう〟と疑問に思った。そこでいろいろと調べてみることにした。そしたら、だいぶ古いものだが、1873年（明治六年）に定めた「太政官布告第二号」というのが出てきた。そして、それには「自今の休暇、左の通り定めし候こととなり、十二月二十九日ヨリ三十一日迄、一月一日ヨリ三日迄」と書いてあったのだ。

そこでさっそく、ピーターソンのところにこれを持って行って見せた。そして、「われわれはずっとこれで休んでいるのだ」と開き直っていってみた。すると彼は「それなら結構です」とあっさりというではないか。私はあっけにとられてしまった。さらにピーターソンはこうも続けた。

「日本は、軍隊は無条件降伏したが、政府が無条件に降伏したわけではない。条件付きで降伏したのだ。そして国体は残すという条件をわれわれ占領国は認めたのだ。つまり統治権はわれわれにあるのではなく、全部日本政府にある。だから国会を通じて改めない限りは旧法も全部生きている。あなたが役人として判断してそれをやるというのならそれはそれで結構だ」

ピーターソンは当時27歳のなかなかの好青年であった。

事実、日本国政府は無条件降伏したわけではなく、法律も執行停止になったわけではない。占領軍によって憲法が押しつけられたとよくいわれているが、原文は別問題として国会の正当な手続きによって制定しているのだ。

アメリカの占領政策は実に寛大であった。戦犯を裁くということと「2・1ゼネスト」をマッカーサーによって中止させられたこと以外は、ひとつも命令されたものはなかった。治安維持法以外に執行停止になった法律もなかった。因みに、マッカーサーは父親のアーサー・マッカーサーとともに、日露戦争に観戦武官の一人として旅順に赴《おもむ》いている。その際、敗残の敵将であるステッセル将軍と握手をかわす乃木大将の勇姿を見て、彼を大変に尊敬し、大の親日家になったといわれている。

文化学園の理事長に転身
――「私に代わって、学園の運営をやってほしい」

「東の空の一部が白みはじめて朝焼け雲は輝き、そしてしだいに薄れてゆく。夜がしだいに明けてゆく光景は、学園の歴史が始まる前奏曲のようでもある。」これは私が拙著『忘れえぬこと、忘れえぬ人』で書いた冒頭の一文である。

1957年（昭和三十二年）の確か十一月下旬頃だったと思う。一本の電話があった。それは文化学園（当時は並木学園）の遠藤政次郎理事長からだった。「至急お目にかかりたいから、自宅へ来てほしい」ということだった。さっそくお宅に参上した。そこではじめて遠藤理事長の病気（脳梗塞）のことを知り、無音《ぶいん》を詫びたような次第であった。当時私は人事院の文部省担当官になっていた。その関係で学園にも出入りしていたのである。

するといきなり「私に代わって、学園の運営をやってほしい」というのである。この突然の要請に私はとまどった。というより、〝はたして本気でいっておられるのだろうか〟

筆者（右端）に学園の将来を託された遠藤政次郎前理事長（中央）。1958 年（昭和 33 年）

人と会うのが嫌いで有名だったココ・シャネル（当時 80 歳）とあいさつを交わす筆者（当時 35 歳）。1964 年（昭和 39 年）

と訝《いぶか》しく思った。「先生、なにか錯覚を起こしていらっしゃるのではないですか」と、相手の心の内を推し量るようにして問いただすと、先生は真剣なまなざしで、病床からとつとつとこう語るのだった。

「今、この学園に来て、やってくれる人はあなた以外にないと私は判断したのだ。あなたならきっとやれる。ぜひやってほしいのだ」と力を込めていわれたのであった。さらにこう続けた。「この学校は極めて特殊なので、その特殊性をきちっと理解している人でないとだめなのだ。あなたならそれを理解しているはずだし、私はあなたが自分で思っているより高くあなたを評価している。あなたは役所にいれば、いずれは局長や次官にもなるお人だ。その前途を放ってきてくれたら、きっと命懸けでやってくれるだろう。だからお願いするのだ」。

しばらくの間沈黙が続いた。私は黙っていた。しかし、その悲痛なまでの先生のご決意を断るすべを、私はすでに失っていた。やれる自信などあろうはずもない。もちろん適任者だなどとは自分でも思っていなかった。しかし、〝ぜひともなさねばならぬ何かがそこにはある〟とだけはひしひしと感じられた。〝せめて遠藤先生のお気を休めることだけでもしなければならない〟と、私はそう思えてきた。

〝運命という名の絆〟

――学園をここまでにできたのは必要以上に難しく考えなかったから

この学園は、１９１９年（大正八年）に初代理事長の並木伊三郎先生がその前身を開設してからすでに40年の月日が経過していた。その並木先生とはもとより、遠藤政次郎先生とも、私は何の関係もなかった。血縁関係もなければ、同郷の人間でもなく、知人の子弟でもなかった。

それに加えて、私は、私学経営はおろか、私学の事務や教育にたずさわったこともなく、私学や事業の運営はなに一つ知らなかった。洋裁教育のこと、出版事業のこと、物品販売のことなどは、まったくの無経験であるばかりでなく、片鱗の知識すら持ち合わせていなかった。

ただの29歳の青年に、歴史ある学園の未来を託すということ自体、普通はあり得ないことである。それは「ずぶの素人」を起用することであり、最も大きなリスクを伴っていたのである。そのような人間の能力などというものは全くの未知数で評価ができないし、またそれを見出すことは、至難の業である。が、遠藤先生は、その最も危険な方法をあえて選ばれたのだ。

遠藤先生が考えていた適任者とは、「功なり名遂げた二度務めの著名人」ではなかった。自分でいうのも面映《おもは》ゆいが、「自分の前途ある将来を潔く捨てて、学園の人になりきって、真剣に学園のことを考えてくれる人で、学園の実情を素直にみて、その特色を的確につかみ、派生するいろいろな問題に対し、誠実に対処しうる人物」ということだった。

私みたいな者に学園の未来を託そうと決意された遠藤先生が偉かったと思っている。赤い糸で結ばれた〝運命という名の絆〟を感じざるを得ない。

私にとっても、その前途は保証されたものではなかったが、不思議なことに、大変だとか、不安だとか私は少しも思わなかった。普通ならばきっと断ったに違いないだろう。しかし、もとより出世には興味がなかったし、また役所にも未練はなかった。妻も「やりたいのならやってみたら」とあっさりと同意してくれた。

今振り返ってみて、文化学園をなんとかこれまでにできたのは、必要以上に難しく考えなかったからだと思う。無論大変なこともあったが、特別に無理なことは何もしていない。ただ自然のままにやってきただけである。

民間企業の社長にも就任

――人から頼まれたら〝いい機会を与えてくれた〟と思うようにした

私は、もともと私自身に権威があったわけではなく、親が偉かったわけでもなく、生まれた場所がよかったわけでもない。いうなれば、最低のところで生まれ、最低の育ち方をして世の中に飛び出てきた。私を引っ張ってくれる人は誰もいない。たったひとりで300円をポケットに入れて東京に出てきたのだ。

目上の人の引きも何もない。ひとりの力でやるしかなかった。だから、たとえどこに勤めたとしても、それを〝ああ、有り難い〟とだけ思って、でき得る最大限のことをしてきた。役人は役人で最高の仕事をしようと思い、学園は学園で最高の仕事をしようと思った。そして市光工業という自動車部品メーカーもそうであった。

市川製作所（現、市光工業）の役員になったのは、私がやりたくてなったのではなく、みんなから是非にと強く要請されたからである。私自身も、〝これは製造業というものを学ぶいい機会だ〟と思って引き受けた。

私は、人から何かを頼まれたら、〝これはいい機会を与えてくれたのだ〟と、前向きに考える習慣になっていた。これは自分の哲学みたいなものである。人間は「自分の哲学」というものをしっかりと持たないといけない、としみじみと思うのである。

私は、週に1日だけの出勤という条件で役員を引き受けた。昭和三十年代当時、自動車産業は花形だった。市川製作所は東証二部に上場したばかりの町工場だった。

ところが、会社は、高度経済成長の中で、近代企業として脱皮をしていく過程で設備投資過剰のためつまずいた。そんな折、私は役員から社長に就任することになった。会社には優秀な社員がいたが、調整する役の人がいなかったのだ。〝それなら自分にもできるのではないか〟と思い、社長を引き受けたのである。例えば、副社長は大正生まれの早稲田のラグビー部出身の人にして、営業を担当してもらうとか、工場長は専務に任せるとか、組合は○○に任すというふうに……。役員は皆私より年上だったが、次第に、私の考えに会社全体が集約していった。

これは海軍兵学校で学んだリベラルアーツ教育の影響が大きかった。また私をそういうことができる人だと他の役員の人たちは思っていたのだろう。「あとは私たちがやるからいいです」というのである。こうして学園の理事長を続けながら民間企業の社長も16年続いた。

企業という集団においては、どの人が重要でまたどの人が重要でないということはない。誰がいなくても困るのだ。それは学園も同じである。たとえ人に裏切られたっていい。裏切らせておけばいいのだ。仕事仲間の悪口を書いた投書が私のところに来ても、それを取り上げたことなどただの一度もない。そんなことで人事を左右したことは全くない。

悪い環境の中におかれたとき、もがけばもがくほど、より一層深みにはまることがあるものだ。そういうとき、冷静な目と心を必要とする。そして、いったんそれまでの「思考の枠」を外して考えてみる。自由に発想する力を持たないとリーダーシップなどとれないのだ。

人間は誰しも、自分の生きた時代を映しながら、程度の差こそあれ、その育った環境に応じた気質を形成していく。そこには逃れることのできない宿命すら感じる。ただ私は、運命のまにまに生きざるをえなかった時代に、それを自らの定めとして受け入れ、精一杯に努力してきたつもりである。そうすることで、〝ああ道が開けた〟と感ずることが幾度もあった。

第5章

ふるさとを想う

――私は信州に生まれて本当に良かった

晩冬の千曲川と高社山《こうしやざん》（高井富士）（筆者画）

甲斐の高峯に降る雪は
　とけてあふれて父となり
飛騨の御山に置く露は
　落ちて集いて母となり
流れあいあう犀《さい》・千曲
　末は越後にゆく水の
勢いたけくかさまして
四つの都の中を行く
緑色濃き高社《たかやしろ》
　山はいよいよ神さびて
立てる姿を映すなる
　常盤《ときわ》の川に行く水は
永久《とわ》に流れて空に果つ
　越《えつ》の海とぞなりぬなり

（旧飯山中学校歌の一節）

飯山は〝信州の小京都〟とか〝雪国の小京都〟とも呼ばれ、飯山城趾を中心に、二十二もの寺が点在している。なかには禅宗の名古刹で知られている「正受庵《しょうじゅあん》」や島崎藤村の

『破戒』に登場する蓮華寺のモデルともなった「真宗寺」など由緒ある寺もある。また飯山では、伝統ある道祖神祭りや行事が今なお受け継がれている。

雪国、飯山に生まれて

――故郷は遠きにありて……

「ふるさとは遠きにありて思ふもの　そして悲しくうたふもの……」という室生《むろう》犀星《さいせい》の詩の一節がある。

人間は誰しも、その生い立ちによって生涯を大きく左右される。私もその例外ではない。今の自分があるのは信州の飯山に生まれ育ったということが非常に大きい。

しかし、今飯山に帰って住むかと聞かれたら、正直いってちょっと考えてしまうのだ。それほどに大変だった雪の記憶が忘れられないのだ。美しい自然に恵まれたところほど、そこでの生活条件は厳しい。

冬になって、雪が降れば、雪下ろしや雪かきはわれわれ子供の仕事だった。母からノルマを課せられてやらされた。たとえ血豆ができても、やらなければ家は雪で押しつぶされてしまう。戦時中は炭もなかったので、山で炭を焼いている人の所へ行って、炭を分けてもらわなければならない。雪をかき分けて、家までそれを運ぶときの辛さはまさに言語を絶した。

そういう辛さが今の自分をつくった。だから飯山には感謝しているのだ。

大都会の人は、環境を破壊して、自分たちにとって最も住みやすい環境をつくった。雨が降っても道路はぬかるまないし、埃が舞ってくるわけでもない。それも都会をつくったのは、田舎から出てきたわれわれのような人間なのである。ところが田舎はそうはいかない。いまだに糞尿の匂いはどこからかしてくるし、それを臭いなんていってはいられないのである。

ところが、志賀高原に道路をつくろうとすると、都会の人は「自然を壊すな」といって反対運動を起こす。道路ができないと病人ひとり病院にも連れて行けないのだ。田舎も便利にしていかないと、誰も住みつかなくなるのだ。

近代化とは、自分たちが住んでいる環境は壊すだけ壊して、便利にしておいて、人があまり住んでいない自然環境には、やれ道路はつくってはいけないとか、やれ自然を壊してはいけないとかいうことである。〝何いってやがるんだ。余計なことというな〟と、そのいんちきさ加減に私は反発を感じたものだった。

だから、飯山の暮らしを少しでも楽にしてやりたいと思うのだ。大都会には大資本がつぎ込まれているが、飯山にも少しはつぎ込んで欲しいし、そういうことを直していくのが政治だと私は思うのだ。

飯山にもこんないいところがある。北竜湖という湖がある。標高500メートル、周囲2キロ、深度8メートル、その三方を自然林に囲まれた美しく神秘的な湖である。

古くは早《さ》乙女池《おとめがいけ》とも呼ばれ、湖に棲む鯉が田植えをする早乙女の白い足に恋い焦《こ》がれるあまり、ついにはそれを見つめる片方の目だけとなってしまったという、まるで中国の「沈魚《ちんぎょ》」の故事――美女西施《せいし》の姿を見た魚たちはたちまち泳ぐことを忘れ、川の底へ沈んでしまった――を思わせるような鯉の伝説が残されている。

小学生の頃、遠足で訪れた北竜湖の印象が、私にとって故郷の原風景のひとつとして、いまも心に焼きついている。いまでこそ湖畔まで舗装道路が整備されて、菜の花の咲く季節には多くのカメラマンが訪れるようになったが、当時は訪れる人もめったにない場所だった。飯山小学校を出発し、千曲川を渡って、対岸の小《こ》菅《すげ》の集落を過ぎると道が上り坂になり、やがて途絶える。あとは森の中のけもの道をかき分けながら一歩一歩登ってゆく。子どもの足で30分ほども登った頃だろうか。突然ぱっと視界がひらけ、眼下に満々と蒼い水をたたえた北竜湖が見えた。背後に千メートルを超える小菅山と深い森に抱かれ、シーンと静まりかえっている神秘的なその姿は、子ども心に息を飲むほど美しく、修験道の霊場である小菅山の印象とあいまって、厳かにさえ感じられた。

そんな感動をなんとか絵に描いてみたいという長年の気持ちから、40歳を過ぎたころに油絵を始め、北竜湖の四季折々の情景を描いては楽しんでいる。

そして、この美しい北竜湖畔に、文化学園の研修施設として、またふるさとの貢献になればとの思いから、文化北竜館、北竜温泉スキー場を開設した。

信州人気質

――愛すべき信州の人々

信州人ならばほとんどの人が歌える長野県歌『信濃の国』がある。その歌詞のなかに、時代を超えた広い視野をもつ卓越した人物が登場する。それは、吉田松陰、勝海舟、坂本龍馬など、その後の日本を担う人物を世に送り出し、幕末の動乱期に多大な影響を与えた松代藩士の佐久間象山《さくましょうざん》であり、飯田出身の儒学者の太宰春台《だざいしゅんだい》である。

この太宰春台は、儒学者の荻生徂徠《おぎゅうそらい》の弟子で、物事を冷静にかつ総合的に分析し、判断する人物だった。春台は、当時は話題になっていた赤穂浪士の仇討についても言及している。彼は、『赤穂四十六士論』のなかで「あれは幕府の命令をきかなかった反逆者だ。それを讃えてはいけない」といって、世の中はことさら「忠義」だけを取り上げて褒め称えているのに対して、それを痛烈に批判している。

信州人には、こういう論理的で、理屈っぽい人が多い。これは信州には海がなく、四方を山に囲まれた閉塞状態にあるため、その分、学問を通じて広い視野を持とうとしたからであろうと思われる。

私の生まれ育った飯山の人間は、さらに東北的な鈍重な気質が加わる。私自身も、北信濃の山深い地に生まれ育ったことで、物事に対して辛抱強く、時の来るのをじっと待つことのできる忍耐強さが養われたと感じている。今ではあの厳しい自然に感謝の念さえ抱いている。

信州の自然との交流
――千曲川で遊んだ日々

信州人は自然環境の厳しいところに育っているため、自然に対する敬虔な気持ちをもっている。それをどう表現するかという表現方法についてはいろいろあるが、それに耐えて辛抱強く生きるのか、または克服し進んでいくのかの程度の違いである。

私は飯山で千曲川とともに育った。千曲川は美しい川だった。島崎藤村は小説『千曲川のスケッチ』のなかで、この自然や人々の暮らしを美しく描写している。私もまた千曲川に遊び、千曲川に学び、千曲川に思い出をつづり、そして今でも千曲川に畏敬の念を抱いている。川は、両刃の剣でもある。人間に多くの恵みを与え、生命を豊かに育んでくれるが、その反面、荒れ狂ったときは、その生活を破壊し、命を奪う。千曲川は時として恐ろしい顔を見せた。

夏になると、千曲川は水泳の場となる。小学生のとき、6年生が皆を引き連れて川を横断させるのが恒例となっていた。50メートルぐらいある川を泳いで渡るのだ。川で泳ぐときは、まごまごしていると、どんどん川下に流されるので必死である。目指した地に達しないときに、流されながら次の上陸できそうな場所を探して泳ぐのはスリル満点だ。200メートルくらいは下流に流され、やっと対岸の柳の木にとりすがる。この川では数年に何人か犠牲となってしまう人も出た。しかし、それでも止めようとはせず、それに果敢に挑戦しながら少年たちは成長していった。

私の少年時代は、この自然と共に生きたのだといえる。そして、自然のもつ恵みと恐ろしさを知り、生きることの尊さを学んだ。自然に畏敬の念をもつとき、人間が人間であるといえるのではないか。川は私に様々なことを教えてくれた。

復員後、私が飯山に帰っていたときのことである。昭和二十年十月に台風の影響により千曲川が大氾濫を起こした。堤防は決壊してわが家も浸水し、わずかにあった畑も水浸しになり、作物は全滅した。戦後の深刻な食糧不足に追い打ちをかけたこの災害は、地域社会の人々を打ちのめした。なかでも穫り入れ間近だった命の糧であるサツマイモは、冠水によって芯の方から固くなって食べられなくなり、やがてすべて腐ってしまった。

私の生い立ちは、このような大自然と隣り合わせにあった。

信州のための教育とは

――信州のための信州大学へ

私は信州に生まれて本当に良かったと思っている。学校の先生はきちんと教えてくれたし、学校の勉強だけで兵学校も士官学校も受かることができた。信濃の教育には先生自身もプライドをもっていた。教科書も国語だけは国定教科書だったが、その他は信州オリジナルの信濃教育会の教科書を使っていた。それで上の学校にみんな受かっていた。そして信州は、受験教育よりも全人教育を目指していた。

私みたいな信州の田舎の名もないところの貧乏人の家庭に生まれて、何の引きもなくても、日本の社会は教育を通じて中央に引っ張り出してくれる。そういう意味では、日本の社会は素晴らしいと思う。

しかし、そういうことばかり続けていたら、今に地方の社会はつぶれてしまう。これまでは地方に役立つ人やコミュニティ社会で働く人は、高等教育を受けないでいいという教育システムだった。これからはコミュニティ社会でいい人材を残さなければいけない。中央に集めることはもうやめたほうがいい。そういう教育改革をやらないといけないのだ。高等教育はもっと多様化していくことが必要なのだ。

信州大学は、旧制官立の松本医科大学を中心に、県下にあった6つの旧制高等専門学校（松本高等学校、松本女子師範、長野師範学校、上田蚕糸専門学校、下伊那高等農林、長野工業専門学校）をコンソーシアムにして、6学部の大学にして、昭和二十五年に一つの国立大学として発足した。コンソーシアムとは、共同目的に沿った活動を行うために複数の団体などが結成されることをいう。

そのように、私立大学でも長野県には6校（佐久大学、諏訪東京理科大学、清泉女学院大学、長野大学、松本大学、松本歯科大学）あるのだから、それがコンソーシアムを組むとか、コラボレーションするとか、できることから協力し合って、県の行政とも関連を持ち、県内の産業経済界とも協議して、国立大学とは違う立場で、地域社会の重要な人材育成機関としてまとまってコミュニティに機能していくことが必要だと思う。それぞれの特徴を生かして機能させていくことが必要なのだ。

もし、実現が困難としても、協力し合うことによって、管理費など共通コストの削減（6分の1になる）になる大きな効果を生むことになると思う。いまある私立大学をどう有効活用していくか、自分の郷土を豊かにしていくにはどうするかということを考えていかなければならない。

しかしその一方で、信州大学の方は、7つの学校がコンソーシアムで集まって信州大学になっただけで中味は昔と変わってないのが現状だ。先生はいままでと同じである。ただ専門学校から大学に変わっただけなのだ。なぜなら、大学になった途端に東大みたいにならないといけないと考えてしまうからだ。

そうなってはいけない。何から何まで東大の真似をするのはよくないのだ。そこで、信州大学を県の大学にしてはどうかということである。そして、東京からいい人材を入れて、長野県人を教育するセンターにするという考え方である。長野県の産業構造に合わせた教育をするのである。産業をどうするか、地方改革をどうするか、がこれからの信州大学の役目なのである。

信州の未来のためにできること

――「こんな田舎に住んでみたい」が本当の公共事業

『信濃の国』の三番に、「しかのみならず桑とりて　蚕飼いの業の打ちひらけ　細きよすがも軽からぬ　国の命を繋《つな》ぐなり」という歌詞がある。

近代日本というのはいわば蚕という虫がつくったのであり、信州はこの養蚕がとても盛んであった。江戸時代、日本は白絹を輸入しており、金銀が大量に国外に流出していった。それはシルクロードの先にあった古代ローマ帝国と同じであった。その昔、古代ローマ帝国の貴婦人たちもシルクに熱狂し、その対価として莫大《ばくだい》な財宝が流出していったことがあった。

「これは大変だ」ということで、新井白石が養蚕を奨励した。そのため蚕の成長にとって自然環境が極めて適していた信州の風土で養蚕は発展した。やがて日本は、絹の一大輸出国となり、戦艦や大砲を買って、どんどん近代化を進めていった。信州の養蚕業が、日本の近代化に大いに貢献したといってもいいかもしれない。

そして、戦前の地方経済を支えたのも絹であり、そして呉服屋だった。飯山もその例外ではない。私の故郷の飯山にも「まるごん」という大きな呉服屋があり、商店街の真ん中を占め、飯山経済の中心だった。

社会の発展段階をみると、初期は人間が生きていくための衣食住を充足することを優先する農業社会。次は、合理化・効率化を目指した工業化社会。現在は、ポスト・インダストリー社会で、心の豊かさを求める社会。少なくとも先進国は、すべての国民の心の豊かさを満たす社会にしていくことが重要である、というのが私の持論である。

それからいうと、信州はまだ合理化・効率化の第二段階で、特に流通の段階で苦しんでいる状況にある。例えば、飯山の田んぼのど真ん中に、東京の資本の大型スーパー店ができるとすると、それにより地元の店はどんどんつぶれていってしまう。あんなバカでかいものができたら、消費する地元住民だけがいればいいということになる。そして、せっかく農業で得たお金をみんな吸い上げて東京に持って行ってしまうのだ。だから、ああいうものを野放図に認めてはいけないのだ。

なんでもいいから発達すればいいとすると、飯山には貧困だけが残る。挙句の果ては、全部収奪されてこれで終わりということにもなりかねない。飯山に北陸新幹線の駅ができれば便利にはなる。しかし、その反面で地元のものも逃げて行ってしまってはならないのだ。

なによりもまず、国の大方針として「地方分権」を考えることである。日本はそれだけの力をもっている国なのである。これまでのような「こんな田舎になんかに住みたくない」という状況を変えていかなければならない。「こんな田舎に住んでみたい」にするのが本当の公共事業なのである。

Column「信濃の国」

長野県歌「信濃の国」　作詞　浅井洌　作曲　北村季晴

1.
信濃の国は十州に境連ぬる国にして
聳ゆる山は　いや高く　流るる川は　いや遠し
松本　伊那　佐久　善光寺　四つの平は肥沃の地
海こそなけれ　物さわに　万ず足らわぬ事ぞなき

2.
四方に聳ゆる山々は　御嶽　乗鞍　駒ヶ岳
浅間は殊に活火山　いずれも国の鎮めなり
流れ淀まず　ゆく水は　北に犀川　千曲川
南に木曽川　天竜川　これまた国の固めなり

3.
木曽の谷には真木茂り　諏訪の湖には魚多し
民のかせぎも豊かにて　五穀の実らぬ里やある
しかのみならず桑とりて　蚕飼いの業の打ちひらけ
細きよすがも軽からぬ　国の命を繋ぐなり

4.
尋ねまほしき園原や　旅のやどりの寝覚めの床
木曽の桟　かけし世も　心してゆけ久米路橋
くる人多き筑摩の湯　月の名に立つ姨捨山
しるき名所と風雅士が　詩歌に詠てぞ伝えたる

5.
旭将軍義仲も　仁科の五郎信盛も
春台太宰先生も　象山佐久間先生も
皆此国の人にして　文武の誉　たぐいなく

山と聳えて世に仰ぎ　川と流れて名は尽ず

6．吾妻はやとし　日本武　嘆き給いし碓氷山
穿つ隧道《トンネル》二十六　夢にもこゆる汽車の道
みち一筋に学びなば　昔の人にや劣るべき
古来山河の秀でたる国は偉人のある習い

「信濃の国」はもともと教育を目的としてつくられた歌であり、その歴史は明治時代初期までさかのぼる。

こんな逸話がある。長野県は江戸時代には10を数える藩や天領に分かれていたことから、県全体の一体感は昔から希薄であった。かつて長野県が長野市と松本市を中心に真っ二つに分かれるという分裂騒動がおきた。善光寺の門前町で行政の中心である長野と松本城の城下町で経済の中心である松本との仲は悪く、何かにつけていがみ合っていたのだ。「南北戦争」とまで呼ばれた激しい地域対立であった。そして、分割を討議する会合で、いつものように会の始めに「信濃の国」をみんなで合唱した。するとどうであろう。なんだかそんな議論はもうどうでもよくなってしまったのだ。この「信濃の国」には県民意識を一つにするという力があるのだ。

第6章

私の人生観から

——人間は〝時代と環境の交差点〟を飛び出して生きることはできない

作家の司馬遼太郎は、そのエッセイのなかで、「人間は自分の生まれた時代と生まれた環境を繭にして育つ。そこから逃げ出すことはできない。それによって人間形成はほとんど決まってしまう」と書いている。

まさしく、その通りだと思う。だから、そういう条件が重なってはじめて、人は人と出会い、そして、触れあっていく。しかし、その人の数は極めて限られている。それは、決して単なる偶然などではなく、むしろ必然であるといえる。

人は誰しもそのおかれた時代と環境を飛び越えて生きることはできない。もしも越えてしまったら、その人は夢想家か、さもなくば狂信者であるに違いないだろう。この〝時代と環境の交差点〟を飛び出す能力は残念ながら人間には与えられていない。だからこそ、決して無理をせず、そのことをきちっと自分で見つめて、自分自身を発見していかなければならないのである。

西田哲学に大きな影響を受けた
――子供の頃から「自分の哲学」を身につけてきた

私は、子供の頃から「自分の哲学」というものを身につけてきた。それは哲学書を読ん

第6章　私の人生観から

で自分で身につけたことが素地になっている。それができたのも幅広い視野を培う環境があったからだ。それはなによりも兄弟が多く、その兄貴たちの本を全部引っ張り出しては読んでいたからである。そうした環境が自分の哲学の素地をつくった。

子供の頃は今のようにテレビなどがなかったので、本が唯一の情報源だった。特に、飯山の田舎では他に何もすることがなかった。ひとりで本を読んで学ぶという姿勢がいつの間にかできていた。私は何かを専門に勉強するということはなかったが、哲学書も長野師範に行っていた兄貴の書棚にあったのでよく読んでいた。

中学生になってからは西田幾多郎の『善の研究』にのめり込んだ記憶がある。私が最も影響を受けた哲学者だ。西田は、哲学上の根本問題の解決を「主体と客体の未分化の状態」すなわち「純粋経験」に求め、「主客合一」を説き、これにすべての思想を基礎づけようとした。これは西田が、「禅」に傾倒して生まれた典型的な日本人独自の考え方である。西洋の哲学体系はあくまでもカントやヘーゲルといった主観論の立場で、フォイエルバッハやマルクスは客観論の立場である。だが、西田哲学の目指したものは、それまでの主体と客体の対立から出発する西洋哲学を乗り越えることだった。西田は、ともすれば人間中心的になりがちな「主客二元論」ではなく、主体と客体が分かれる一歩手前から出発している。この「純粋経験」という概念はそこから出ている。

この「純粋経験」について、西田は、「一生懸命に断岸を攀《はん》ずる場合の如き」とか、「音楽家が熟練した曲を奏する時の如き」の状態にたとえて説明しているが、私は「観客席から見ている観客の眼を通して自分自身を見る」という日本の伝統芸能の能の境地の《離見《りけん》の見《けん》》に近いのではないかと思っている。自分がつくり出したものに自分もその影響を受けるということは私にも経験があるからだ。私は趣味で油絵を描くが、絵を画いている自分自身が、自分が画いた絵によって影響を受けるという感覚がよく理解できるのだ。

日本人がその根底に持つこの感覚は本当にすごいと思う。

私は仲間と論争するのに、〝これは大変にいいものを見つけた〟と思ったものだった。

このように私たちの時代の若者はみな熱病にでも罹《かか》ったように哲学に夢中になっていた。そういうことを語り合うのが青年だった。たとえば、自分の存在意義（レゾン・デートル）みたいなものとかが通常の会話のなかにあった。

そして、みんな「自分の教養書」というものを持っていた。そういうものを知識としてちゃんと持っていて、そこから得たもので語り合っていた。また、河合栄治郎の名著『学生に与う』もみんなよく読んでいた。若いうちはそういうものをもっと学ぶべきだと思う。

私は「自分の哲学」はぶれてないと思って生きている。常に自分の生き方をきちんと決めてきたつもりである。そして、誰かにいわれたからどうのこうの、ということだけはなかった。

学生に与う
――本当の自由を学べるのは若いうちだけ

「最近の若者は……」というセリフは巷《ちまた》でよくいわれるが、私は、若者自身は今も昔も変わっていないと感じている。時代を経て変わるのは若者ではなく環境である。生まれた時代と環境という繭の中でしか蝶になることはできない。それを越えることはどんなに優秀な人間でも不可能なのだ。若者の変化は環境の変化による結果にすぎない。

私の生まれ育った時代というのはまさに戦争の時代だった。そして現代と比べて選択肢というものが少なかった。裕福でない家庭に生まれた私は、ことさら夢や自由といったものとは無縁だった。

夢や自由がないというのはつらい環境に思われるかもしれない。しかし、環境に良い悪いはない。今ある環境をどうとらえて、なにを学ぶかが大切なのだ。私は夢や選択肢のない環境で生まれ育ったからこそ、自由のありがたみを知ることができたと前向きにとらえている。

自由とは人間にとって最も大切な概念である。しかし、「自由でいたい」と主張する人間の中には、他人の権利や自由を認めようとしないものもいる。そうした人間はエセ自由主義者であり、利己主義者だ。自由でいるためには同時に義務や責任も生じる。私はそれを高等農事講習所で小出満二先生から学んだ。そして自由の本質を学べるのは、視野の定まっていない若いうちだけなのだ。今を生きる若者は、それぞれの環境から「本当の自由とは何か」を考え抜いてほしい。

『資本論』に熱中した日々

——マルクスにハマったが、かぶれることはなかった

1920年代は右翼が台頭してきた。左翼との力関係で右翼に傾斜していった時代でもあった。左翼が弾圧される時期があり、そのことを親たちの世代が見ていた。「お前、それ（アカ）だけにはならないで」と母がよくいっていたのを思い出す。しかし、そういわれると逆に反発し、そういう本を読みたがるものだった。私は、アルバイトをしてまでマ

ルクスの『資本論』や『共産党宣言』を買って読んでいた。『資本論』は、学術書として優れており、それを読んでおけば他の経済学のことも分かった。そうやって、マルクス、エンゲルスからレーニンに到るまでのことをひとりで勉強した。信州人にはそういうことを議論したがる気質があった。仲間と付き合っていくためにはそういったものを読んでおかないといけない空気があった。

当時、師範学校に行っていた兄貴の二、三年先輩の小学校の先生がうちに下宿していた。ちょっと「左」がかっていた先生だった。その先生とは社会主義についてずいぶんと議論したものだった。「先生のいうことは少しおかしい」といってよく議論を吹っ掛けたものだった。信州人気質はよく理屈っぽいといわれるが、私も論理的に納得しないとどうしてもだめだった。

私は、マルクスにハマったが、かぶれることはなかった。なぜかというと、小出満二先生から自由というものの本質について学んだからであり、マルクスを読んでいくうちに疑問も湧いてきたからである。

マルクスをよく読めば読むほどその矛盾が分かってきた。『資本論』は、アダム・スミスの『国富論』やリカードの経済学等を批判してでき上がっている。そして『共産党宣言』につながる流れだった。

「マルクスの『資本論』どおりにやってはいけない、だから早く革命を起こせ」とレーニンがいう。しかし、その飛躍がどうしても分からないのだ。なんでレーニンがそういうことをいったのか。『資本論』どおりにいくと社会は発展しなくなる、資本主義の成れの果てが共産主義であるとマルクスは説いている。それはよく分かる。だから「革命」を起こせとなぜレーニンは飛躍するのか。〝そういう状態にまでなってない国家でそれをやったら一体どうなるのか？　資本主義もまだ経験してないのになんで社会主義か？　そうしたら権力だけになってしまうではないか〟と、私は思った。

幸いなことに、母が心配したように私が「左」に行かなかったのは、マルクスをしっかり読んで、〝これはおかしい〟と自分で感じていたからである。

理屈や権力でない〝目に見えない力〟の存在

――私を支えているのは「大自然に対する畏敬の念」

私は、宗教を非常に大事にしている。ただし自分が信じる特定の宗教はというと、それはない。仏教、イスラム教、儒教、キリスト教などについての本はよく読んだ。なかでも仏教に関しては特に詳しいと自分では思っている。仏像の見方、例えば観音様の見方を体系づけて覚えている。自分でいうのもなんだが、僧侶が驚くくらいだ。これは知識として身につけたもので、知識として知ってないと世界が分からないからである。一神教と多神教の違いや、ユダヤ教とキリスト教とマホメット教の違い等、常識として知っておくべき事柄である。

日本の宗教観は多神教でできている。神道が根本になっていて、そこに仏教が入ってきて、儒教や道教が入ってきて、さらにキリスト教が入ってきている。

しかし、他教を排除するような排他的なイスラム教だけは、何でも受け入れる日本の神道的な土壌ではなじまない。だから、仏教のなかでも小乗仏教でなく大乗仏教が入ってきたのは、そういう日本の体質があるからだ。そして、それが日本古来の神道と一緒になっていったのである。それが日本人の宗教観なのである。

私を支えているのは、信仰というよりもむしろ「大自然に対する畏敬の念」であろう。特定の宗教というものに対しては、ある種さめた目で見ている。私は特定の宗教をもったことは一度もない。ただ「自然の驚異」に対しては敬虔な気持ちになるのだ。そして、人類が創り上げた文化に対しても敬虔な気持ちになる。

私は、自らの人生を振り返ってみたとき、格別の信仰も持たない自分が、たじろぐこともなく、大して道を踏みはずすことなくやってこられたのは、知識や理屈や権力でない「目に見えないもの」が大きく私を育んでくれたのだと思う。

「貧乏でもいい」という一言で結婚を決意

――こうして結婚生活が始まった

「正直で嘘をいわない人、人にどう思われようとかまわない人、仕事以外のことには何ごとにも無頓着《むとんちゃく》な人、裸でごろ寝したり、冷蔵庫をのぞいてつまみぐいをしたりするような野生的な人、……」作家の佐藤愛子さんによる雑誌（「婦人生活」昭和三十九年二月号）のインタビューのなかで、妻が答えていた私に対する人物評である。

「私は貧乏でもいいです」という妻の言葉を聞いて、私は結婚を決意した。

「僕には何もありません。あるのは敷布団と掛布団だけです。あとは何もありません。財産もないです。それでもいいですか」と聞くと、「それでいいです」というのだ。私が25歳のときだった。

金婚式は10年前に終わり、もうすぐ60周年になる。

私は信州飯山の生まれで、田舎臭く、そういう意味でコンプレックスがあった。見た目も地味で、顔もすきっとしているわけじゃない。およそ女性にはもてないと思っていた。「海軍兵学校のときはモテたでしょう?」とよく聞かれたりもするが、その当時はまだ16〜17歳で、あまり女性は意識していなかった。だいたい戦前は、女性と接触することはおろか、3尺(約90センチ)あけないといけなかった時代だったのだ。戦後になって、女の子と並んで歩いても叱られない社会となった。そういう社会は本当に素晴らしいと思ったものだった。

妻は名古屋の呉服問屋の娘だった。妻は人事院の局長の友人で三井生命の副社長の家に下宿していた。初めて会ったとき、私には彼女はまるで別人種に見えた。とても私のような貧乏役人のところへ嫁に来てくれるなんて思ってもいなかった。

妻は「貧乏でもいい」といっていたし、妻の両親も「何もなくていいです。その代わりに躾はまったくしていないので、それだけどうぞご承知おき下さい」ということで、少し安心した。

結婚に際して私が出した条件は、「家庭に入れ。私の働いた給料の範囲内でやれ、親からは一銭ももらうことまかりならん。そして花嫁道具は一切いらない」の三つだった。向こうの親もそれをのんでくれた。名古屋の花嫁道具というのは相当に派手だったのだ。虎ノ門の共済会館で簡単な結婚式を挙げた。

私の父親に妻を会わせたとき、今まで一切親に相談などしたことがなかった私が、生まれて初めて父親に意見を求めた。ところが、「(結婚しても)いいですか?」と父親に聞くと、「ダメだといったら結婚しないのか?」という。「いいえ」と答えると、「だったらそんなこと聞くな」といわれてしまった。

私は、独立心がとても旺盛だったが、妻もまたそうだった。二人とも人様の世話になるという考えはなかった。だから、新婚生活は四畳半一間を借りて、何もないゼロからのスタートだった。そして、全て二人で造りあげてきた。

他人の子の教育はできてもわが子の教育はできない現代の親たち

──〝わが子には苦労させたくない〟という思いが……

私が育った頃の母親への思いと今の子供が見てきている母親とは、恐らくは大きな隔たりがあるのだろう。「日本の子育てをもう一度」といってもできるはずもない。時代も環境もまるっきり違うのだ。親の所得も地位もある程度高い環境で育てば、子供はそういうものだと思ってしまう。生きるということの本質がどうしても分からないのだ。物事の考え方に隔たりができてしまう。

私は〝親に決して迷惑をかけないぞ〟という思いでこれまで生きてきた。〝親の負担をいかに少なくするか〟をまず一番に考えた。私の行動の全てに、その思いがあった。私が生まれ育った環境にあればそうなるのだ。

ところが、今の子供はというと、父親のいうことは聞かないし、母親は子供にかかりっきりで「蝶よ、花よ」と大事に育ててしまう。信州にいた頃の私たちとは考え方が全く違うのだ。どの親も他人の子の教育はできてもわが子の教育はできないとつくづく思うのだ。

親が子供にどう対応するかということは非常に大事な問題である。自分たちが子供の時に苦労しているから、自分の子供には苦労させたくないという思いがどうしても出てしまうのだ。

1920年代生まれの人たちは皆そうだったかもしれない。いわば、時代の最大の犠牲者だったのである。だから、自分の子供には苦労させたくないと、私を含めてその世代の人たちは思っているのだ。しかし、そういう思いが今の日本を悪くしたのではないか。そんな感じがしてならないのだ。

絵を描くという楽しみを知った

――「自分の領域」というものを発見した

私は多様な能力には恵まれてはいなかった。音楽も運動もだめだった。そのため何か野心をもったということもなかった。ただ、小学校のとき、描いた絵が学校に貼り出されたことがある。そして、絵は自分の得意なものだと思わせてくれる先生がいた。そういう先生の存在が、生徒の能力を引き出してくれるのだと思う。

そして、40歳を過ぎた頃、久しぶりに訪れた故郷、飯山の北竜湖畔にたたずんだとき、四季折々のこの情景をなんとか絵に描いてみたいと思い立って油絵を始めた。まさに「四十の手習い」である。

私のように、才能もない人間が、年をとってから何かを始めてものになるものではない。しかし私は、上手下手を超えて、絵を描くという楽しみを覚え、「自分の領域」というものを発見できたことはよかったと思っている。

これまで私は、自分のためではなく、人のために仕事をするということを第一に考え、すべてにおいて仕事を優先させてきた。仕事のプロにはなりたいが、趣味のプロになりたいわけではない。だから自分の趣味を仕事に優先したことはただの一度もないし、先生にもつかない。それに一流の先生についてしまうと自分の芽が摘まれてしまう気がする。あくまでも自分の楽しみでやっていることなのだから。

行き当たりばったりの人生だった
——自分の不得意な分野をせめて人並み程度に

どんなに頭がよくても、どんなに歌がうまくても、また絵がうまくても、人間的な能力に欠けていたら、せっかくのその人の力も発揮できない。そういうものである。

そして、自分の得意分野とか自分の好きなことで伸びていくことは簡単なことである。その代わりにダメになるのもまた早い。私はこれまで自分の不得意な分野をせめて人並み程度にはできるよう努力してきた。いやむしろ、あえて自分の不得意な分野に進んでいった感がある。そのことが今日の私の人間形成に大きくプラスになってきたことは間違いない。〝これが自分の弱点だ〟と思えばこそ、私はそれに真剣に挑戦し、〝それに必死でついて行こう〟と思い、一生懸命に努力してきた。

このように、私の人生は行き当たりばったりだったが、〝何かしなければならないな〟

と思ったことは、一生懸命にそれをやり、また〝これはやらない方がいいな〟と感じたことはやらなかった。ただそれだけである。人生のチャレンジについても同じことがいえる。

私はいつも、目の前にあってやらなければならないことに全力を尽くすことでいつも道が開いてきた。ただ私は、運に恵まれて、普通のことを普通通りにやってきただけなのだ。

自分の哲学に裏切られたことはない
――「恭倹己《きょうけん》を持す」が座右の銘となった

私はどこに行っても、いつもそこの「長」に選ばれてしまうのだ。大学は出ていないはずなのに日本私立大学協会の会長はさせられるし、海軍兵学校の同期会でも30年間も会長をやらされた。それはどうやら私がそういうことを他で自慢せず、またそれを何かに利用しないからだということを聞いたことがある。「大沼さんに任せておけば安心なのだ」と。

自分ではあまり意識したことはないが、どうも私には欲みたいなものがあまりないらしいということだ。もしもそうだとしたら、それは子供の頃に読んで深く感動した西郷隆盛の影響があったのかもしれない。

兄貴たちの書棚のなかに西郷隆盛の『西郷南洲遺訓』というのがあった。そこには「命もいらず、名もいらず、官位も金もいらぬ人は、始末に困るものなり。この始末に困る人ならでは、艱難《かんなん》を共にして国家の大業は成し得られぬなり。」というのがあった。子供心に、〝世の中って偉い人っているもんだな〟と心底思った。〝よし俺もこれでいこう、無欲に生きよう〟と、心に決めたことを今でもよく覚えている。

また、小学校のときに校長先生から「教育勅語」をよく聞かされていた。でも、その中にある「恭倹己を持す」の意味がどうしても分からなかった。そこで兄貴の辞典で調べてみた。すると、そこには「恭」とは人に対して恭《うやうや》しくすること、「倹」とは己に対して慎ましやかにすることとあった。それが「恭倹」の意味だったのだ。

私は、それを自分の心棒にして人生を生きていこうと心に決めた。でも、そのことは決して人にはいわないで、自分の心の中だけにしまっておこうと思った。「恭倹己を持す」は私の座右の銘となった。

今でも「教育勅語」は全文を暗記している。それだけ「教育勅語」の影響が私には決定的に大きかった。そのどこにも間違っているところはないのだ。ただ、敗戦後意識がこれを嫌いだっただけなのだ。

また、「恭倹己を持す」以外にも、「父母に孝に」の「孝」が気に入った。動物と人間は何がどう違うのかというと、親が子を守ることはスズメでも猫でも熊でもみんなやることだ。自分が命をかけて敵と闘う。そして子供が無事に育っていく。しかし、親が弱っても親を助ける動物はいない。ぜんぶ捨てていく。親を大事にするということが、人間が唯一動物と違うという道徳概念をいったのが孔子である。「教育勅語」は、自分を信頼して、周りの人を大切にしなさいといっているのである。

――〝風、来たりなば、花、自ら笑う〟

これまで私は、人を怨まず、怒らず、また気性の合わない人でも疎外せず、そして問題が起きた時も決して人のせいにはせず、自らの力と誠意の足りなさを思いつつ、自責の念で、事に応じてきたつもりである。私は、人を傷つけたり、陥れたりすることを好まない。またそうしている人を見ても、黙って見てきた。そのうちきっとその人も分かるときがくるであろうと信じて。

「風来花自笑」。私が心から尊敬する故・赤城宗徳氏から戴いたこの掛け軸は今も大切に自分の部屋に飾ってある。〝風、来たりなば、花、自ら笑う〟と私は読んでいる。――こがらしが吹きすさび、氷雪にさいなまれ、あるいは厳冬に凍りついても、それにじっと耐える自然の草木が、春の訪れとともに、自らの秘めた力と自然の力によって一斉に花を開き、その生命を謳歌している――そんな自然の姿を連想するのだ。これは私の人生の重要な教訓となっている。

人生、順調なことばかりではない。仕事も常に好調ではあり得ない。〈そういう苦境のときどう考えるのか、またどう対処するのか?〉がとても大切なのだ。自らの不運を嘆き、人をねたみ、策を巡らし、人を攻撃したり、人の悪口をいったりしても、打開の道など決して開けるものではない。そんなとき、人の持つ善意を信じ、時の至るのを待って、自らの誠意を積み重ね、じっと耐えるしかない。そうすれば、必ず春はめぐり、花が開くように、不運は打開されていくと私は信じてやってきた。そして、いつもそうなってきた。

私はこれまで自分の哲学に裏切られたことはないのである。

私的大沼淳論　――人生そのものが「リベラルアーツ」

池内治彦

日本が泥沼の中にどんどんと突っ込んでいくなか、大沼少年はその幼年時代を雪国の信州飯山で過ごす。満州事変が悪化し、片田舎の小さな農村にもひたひたと忍び寄る「時代」の足音を大沼少年は肌で感じとっていた。その頃の日本人の平均寿命は男が24歳、女は38歳。当時の母親たちは、わが子が無事に育ってくれるなどという幻想は誰ひとりとして抱いていなかった。

そして死を身近に意識し続けた彼の青春時代は、海軍兵学校の校庭で突然目の当たりにした原爆投下の直後の敗戦の知らせとともに終わりを告げる。

「自分は今なぜこうして生きているのだろう？」人は生まれた時代と環境を飛び越えて生きることはできない。人間という一個の存在が、「何か」を喪失していきなりこの世界に放り込まれ、そこから決して逃れることのできない「宿命」というものがあることに大沼青年は深い関心を寄せていく。やがて戦争という「死」を自覚したところから、さらに再び「生」の意味を問い直し、人生の再構築を始める。

「どうすれば生きられるのか？」その答えは「何か」と出会うことである。「出会ってどうするか?」すなわちそれに恋をするのである。

大沼青年は、かつての江戸幕末期の若者たちと同様、「さあ大変だ」と考えるよりも、まずは「どうしたらいいか」を考える派であった。「人間はどのようにでも落ち着けるものだ」戦後の新しい自由主義が跋扈《ばっこ》するなか「真の自由とは何か」を考える時間をたっぷり得た大沼青年は、その後、運よく採用された人事院で、文部省担当の官僚として戦後の日本の教育制度改革の仕事に没頭していくことになる。

やがて29歳になった大沼氏に突然の転機が訪れる。たまたま仕事で知り合っただけの文化学園（当時は並木学園）の遠藤理事長から、「自分の後継者として学園の将来を頼む」と託されたのだ。それはあまりに予期せぬ出来事だった。普通ならば断わったであろう。だが大沼氏は断わらなかった。その申し出をあっさりと受けてしまう。

しかし大沼氏はそれを自らの意思で断固として選びきっていた。「なさねばならぬ何かがそこにあると直感したから……」と後年大沼氏は淡々と語る。そこには弁解のない潔さがあった。大沼氏とはそういう人間だった。その決断は同時に、キャリア官僚としての栄達の道を捨てることを意味したが、氏にためらいはなかった。そして縁もゆかりもない、また門外漢のファッション学校の経営者へとその身を転じていくのである。

ひょっとしたらこのあたりから大沼氏の体内には、何かの「ミッション」のようなものが芽生えていたのかもしれない、あるいはそうであったろう。大沼氏は「何か」に恋をしたのである。

私は大沼淳氏に幾度かお会いする僥倖《ぎょうこう》を得た。そして話を重ねていくうちに、心の糸にふれ、気持ちがしゃんとし、次第に視野が広くなっていく自分に気がついた。それと同時に、氏の自身を語るときの「まにまに」という特有な表現の連呼が妙に心に残った。「私は時代のまにまに生きていた」「私はいつも運命の流れのまにまにいた」……。氏がここまでこの「まにまに（随に）」というある種の「偶然性」を意味する表現方法にこだわりをもつことが、ちょっと尋常でないというか普通でないように思えてきた。どうしてそこまで真剣に、この「まにまに」に己を賭けられるのか。大沼氏は必ずしも論理だけで生きている人ではないようだ。

別ないい方をすると、「この人は〝粋《いき》〟な人だ」ともいえる。大沼淳という人間は、少なくともかつての日本人がその内に秘めていたであろう〝粋〟という精神の何たるかを、これ以上の形で身につけることはおよそ不可能であろうかと思われるほどに身につけているということだ。〝粋〟とは、「偶然性」という「不作為」なるものをこよなく愛する日本人の「心のありよう」といえる。荘子風にいうならば、「無為」をもってひらひらと生きるといったところであろうか。それが大沼淳という人間なのだ。そしてこういった「無私」なるところに、人は寄ってくるのだろう。

この人は「余程な人」である、また「稀有な人」でもある。会えば会うほどに、大沼淳という一個の人間としてのその大きさが身に染みてくるのだ。よのなかそう思える人物に出会えることは、そう多くない。

話をするなかで、「頭の中にあるもの以外は知識とは認めない」を信条とする大沼氏から、よどみなくくりだされる深い歴史観に基づく独創的な日本論、精神文化論、それにファッション文化論、そして地方分権論、さらには教育論、人生論……。巷《ちまた》にあふれている薄っぺらなものとは格段に違う重厚にして新鮮なるものをそこに感じ、胸が詰まるほどに惹きつけられていくのだ。

それはまた、これまで大沼淳という一人の人間を形成してきた「何もの」かの自然の現れであったのかもしれない。「私はこれまで自分の哲学に裏切られたことはない」といい切る大沼氏。その「何もの」とはいったい何か……。


おそらくそれはこういったものであるに違いない。

大沼氏は「リベラルアーツ」という言葉を好んでよく口にする。「リベラルアーツ」とは通常は一般教養と捉えられているが、大沼氏のそれはどうもそういった水っぽい類いのものとはだいぶ様子が違うようだ。例えば、氏は、今の大学における人文科学、社会科学、自然科学といった明確に分けられた学問のなかでさらに細かく枝分かれし、高度に専門化されたものにはあまり興味を示さない。それよりもそれらすべてをもう一遍絡《から》み合わせ、さらには「まぜこぜ」にしたもの、またそれらの「根っ子」にあるものに本当の価値を見いだし、それが物事に対する的確な総合的判断を導く源泉であると考えているらしいのだ。そして、そういったプリンシプルなもの、「普遍的」なものを追求する姿勢は、江戸幕末期の頃の日本にはあったであろうと推測されるし、少なくとも戦前の日本には確かにあった。しかもそれがリベラル（古典的）な教育とちゃんと結びついていた。

おそらく大沼氏は、その発端を江田島の海軍兵学校でしっかりと仕込まれ、その後の人生のなかで磨きあげていったのだろう。どうやら大沼氏は、それを「リベラルアーツ」と呼んでいるらしく、それこそが、氏のなにものにも決して翻弄《ほんろう》されることのない生き方を支える確固たる人生哲学になっていたのだ。

そしてその哲学に、戦後70年を経た今こそ、日本人の、より多くの人たちに触れてほしいと願うばかりである。

後　記――信州倶楽部より

本書は『信州倶楽部叢書』の第1弾として企画されたものである。信州倶楽部という名をはじめて耳にされる方も多いと思うので、ここですこし解説させていただこう。信州倶楽部は、平成十八年四月、以下のような趣旨に賛同し集まった紳士・淑女によって設立された任意団体であり、東京を中心に長野県を応援する活動をおこなっている。すこし長くなるが、なかなかの名文だと思うので、設立趣意書の全文を記載しておくことにする。

豊かな自然に恵まれ、独自の伝統と文化を育んできた信州は、日本の原風景を残すかけがえのない地域といえます。さらにまた、信濃教育として知られる信州独自の教育は、これまですぐれた人材を数多く育て、わが国の政治・経済・社会の発展に大きな貢献をしてまいりました。しかしながら、こうした人々の功績も、わが国全体でみると、いわば点として異彩を放つものであっても、広範なつながりを持つまでに至らなかったのが実状であります。そこには出身地域ごとに小さくまとまり、競合する信州人の気質があったのかもしれません。

今世紀は、地縁・血縁をこえて志でつながる、開かれた人的ネットワークが力を持つ時代といわれております。また今後、大きな社会集団を構成するアクティブ・シニアがもつ、かけがえのない資産としての知恵と技、人脈をいかに活用し、次の世代に継承していくかが、わが国にとってたいへん重要な課題となってきています。地域においても、水平的かつ垂直的なひろがりを持つネットワークの形成が求められる理由がここにあります。

私たちはこうした認識のもと、信州出身者はもとより、ひろく信州にゆかりのある方々を一堂に会したあらたな組織として『信州倶楽部』を創設することにいたしました。本倶楽部は、信州を愛する気持ちを共有する人々が、出身や世代をこえて相互に交流し、信州を愛する仲間として一体感をもった人的ネットワークの形成を目指します。もとより営利を目的とせず、かつ、いかなる政治的・宗教的な意図も有しない団体ですが、地域間の競争が激化するなか、会員一同、信州の応援団としての志は持ち続けていきたいと思います。

以上のような趣旨に賛同され、本倶楽部の一員としてともに活動をしてくださる方々のご参加をこころよりお待ちしております。

おかげさまで、会員の方々や協力してくださる方々に支えられ、今日まで活動を継続することができ、平成二十五年八月現在、会員数はおよそ60名になっている。

なかでも大沼さんは（会則では「さん」づけで呼び合う決まりになっている）、倶楽部の設立メンバーのお一人であり、現在も世話人（幹事）をお引き受けいただいている。そのため事務局長をつとめる私は、なにかと接する機会が多いのだが、お目にかかるたびいつも思うことがある。それは「大人《たいじん》」とはかくなる人物をさす言葉なのだろうということだ。職業柄、数多くの人と会い、それなりに著名な方々にもお会いしてきたが、「大人」と思える方とは正直ほとんど出会っていない。それほどこの方はすごいのである。いつも鷹揚《おうよう》にかまえ、いかなる人に対しても接し方は常に自然体である。これまで人を怒鳴ったことは一度もないと聞いた。鋭敏な頭脳（とくにその記憶力は驚異的である）と深い教養をもちながら、泰然とかまえることができるのはいかなる修養によるものか。そんな疑問を常日頃からいだいていた私は、この企画が持ち上がったおり、トップバッターとして迷わず大沼さんを指名させていただいた。本書をお読みになられた方々は、この私の選択をきっと支持していただけたことと思う。

生きざまこそがその人の人格をつくり思想をつくる。そこから発せられたほんものの言葉はつねに人を感動させ、他者の生き方にまで影響をあたえるものであろう。信州ゆかりの方々が紡ぎだす珠玉の言霊にふれていただければ幸いである。

信州倶楽部　事務局長　　中嶋聞多

大沼　淳《すなお》　略歴

《履歴》

昭和3年　長野県飯山市で生まれる
　19年　長野県立飯山中学校卒業
　20年　海軍兵学校修了（終戦のため）
　24年　人事院に採用される
　35年　学校法人並木学園（現・（学）文化学園）理事長（現）
　38年　（株）市川製作所（現・市光工業株式会社）社長
　44年　文化女子大学（現・文化学園大学）学長（現）
　49年　（学）文化杉並学園理事長（現）
　51年　文化服装学院学院長
　55年　文化外国語専門学校校長
　58年　（学）文化長野学園理事長
　62年　文化学園服飾博物館館長（現）
平成18年　文化ファッション大学院大学学長（現）

《公職歴》

昭和39年　全国各種学校総連合会（現「全国専修学校各種学校総連合会」）理事長（現在、最高顧問）
　40年　文部省大学設置審議会委員　9期
　43年　文部省私立大学審議会委員　2期
　46年　社団法人日本ＹＰＯ（日本青年社長会）会長

平成3年　臨時教育審議会専門委員
59年　財団法人日本ファッション教育振興協会会長
5年　文部省大学設置・学校法人審議会委員　3期
5年　ファッションビジネス学会会長（現）
6年　NPO日本社長会会長
8年　財団法人私学研修福祉会理事長　3期
10年　繊維ファッション産学協議会副理事長（現）
12年　日本私立大学協会会長（現）
12年　日本私立学校振興・共済事業団運営審議会委員（同18年2月2日より同会長〈現〉）
12年　文部省国立大学等の独立行政法人化に関する調査検討会議委員　2期
15年　独立行政法人国立博物館運営委員会委員（同17年4月1日より同副委員長）
15年　東京国立博物館評議員会評議員（同17年4月1日より同会長〈現〉）
19年　独立行政法人国立文化財機構運営委員会委員

《賞罰》
昭和59年　藍綬褒章
平成14年　功績勲章勲二等（ルーマニア政府より）
15年　勲二等瑞寶章
16年　飯山市名誉市民章
18年　社団法人全国日本学士会アカデミア賞
20年　『財界』平成19年度経営者賞
21年　渋谷区名誉区民章

結婚60周年を迎えた妻の喜代子と。写真は勲二等を受章した日、皇居・桔梗門前で（2003年4月）

アトリエ創設60周年記念ファッションショーにて。ピエール・カルダン氏と文化学園理事長室にて（2010年11月9日）

信州倶楽部

信州を愛する気持ちを共有する人々が、出身や世代をこえて相互に交流し、グローカルな視点をもって社会に貢献することを目的とした団体です。こうした活動の一環として本倶楽部では、今後も『信州倶楽部叢書』の発刊を続けていく予定ですので、どうかご期待ください。

連絡先：
〒102-0093 東京都千代田区平河町2-16-15 北野アームス409号室
事務局長　中嶋聞多

ノブレス・オブリージュの「こころ」
——〝リーダーは世《よ》のため人《ひと》のためにあれ〟

GAKUGEI MIRAISHA

2013年11月1日　初版発行

著　者　大沼《おおぬま》 淳《すなお》
発行者　青木誠一郎

発行所　株式会社 学芸みらい社
〒162-0833 東京都新宿区箪笥町43番 新神楽坂ビル
電話番号 03-5227-1266
http://www.gakugeimirai.com/
E-mail : info@gakugeimirai.com

編集協力　池内治彦
企画協力　中嶋聞多
　　　　　小林拓実
印刷所・製本所　藤原印刷株式会社
ブックデザイン　荒木香樹

ISBN978-4-905374-28-2 C0095

学芸みらい社の既刊

日本全国の書店や、アマゾン他のネット書店で注文・購入できます!

子どもを社会科好きにする授業

向山洋一 監修
谷 和樹 著

A5判　176ページ　定価:2100円(税込)

社会科授業実践のコツとテクニック!!

日本の国を愛し、誇りに思う子どもたちを育てるために、いま、日本では熱い「社会科教育」が最も求められている!　TOSS(教育技術法則化運動)のリーダーの新刊!　「文部科学省新指導要領」「東日本大震災をどう教えるか」「ADHD等発達障害の子を含めた一斉指導」「最先端のICTを使う授業」対応。

子どもが理科に夢中になる授業

向山洋一 監修
小森栄治 著

A5判　176ページ　定価:2100円(税込)

理科は感動だ！目からウロコの指導法!!

今すぐ役に立つ、理科授業の最先端・小森先生の実践とコツを大公開!!　「文部科学省新指導要領」完全対応!／「化学」「物理」「地学」「生物」「総合」「授業づくり」に分類!／見開き対応で読みやすく授業中にすぐ使える!／「ワンポイントアドバイス」「エピソード」で楽しさ倍増!

先生も生徒も驚く
日本の「伝統・文化」再発見

松藤 司 著

A5判　176ページ　定価:2100円(税込)

日本の「伝統・文化」はこんなに面白い!!

日本の文化を教えてください!……と外国人に問われたら?

日本の文化を知らない大人が増えている!　日本の素晴らしい伝統・文化を多くの人々、とりわけ日本の未来を担う子どもたちや学生に伝えていくために、日本のすべての教員や大人にとって必読・活用の書。未来を担う子どもたちや学生に伝えよう!